跟着名家好读书

马衍伟　主编

中国言实出版社

图书在版编目(CIP)数据

跟着名家好读书 / 马衍伟主编. —— 北京：中国言
实出版社，2022.12
ISBN 978-7-5171-4366-6

Ⅰ.①跟… Ⅱ.①马… Ⅲ.①散文集—中国 Ⅳ.
①I26

中国国家版本馆CIP数据核字（2023）第005523号

跟着名家好读书

责任编辑：曹庆臻
责任校对：王建玲

出版发行：中国言实出版社

　　　　地　　址：北京市朝阳区北苑路180号加利大厦5号楼105室
　　　　邮　　编：100101
　　　　编辑部：北京市海淀区花园路6号院B座6层
　　　　邮　　编：100088
　　　　电　　话：010-64924853（总编室）　010-64924716（发行部）
　　　　网　　址：www.zgyscbs.cn　　电子邮箱：zgyscbs@263.net

经　　销：新华书店
印　　刷：北京铭传印刷有限公司
版　　次：2023年4月第1版　　2023年4月第1次印刷
规　　格：880毫米×1230毫米　　1/32　　7印张
字　　数：150千字

定　　价：39.00元
书　　号：ISBN 978-7-5171-4366-6

前　言

　　书籍是人类进步的阶梯，阅读是社会文明的标尺。一个不注重读书的人难以登高望远，一个不重视阅读的国家难以自信自强。中国人自古有耕读传家、诗书继世的传统，中华民族历来是一个热爱读书、勤奋学习的民族，中国共产党是一个重视读书、善于学习的马克思主义政党。毛泽东同志说：饭可以一日不吃，觉可以一日不睡，书不可以一日不读。周恩来同志从少年时代就立下"为中华之崛起而读书"的志向。而今迈步新征程，为中华民族伟大复兴而读书，是14亿多中华儿女成才成长、自立自强、修齐治平的人间正道，是提高全社会文明程度、铸就社会主义文化新辉煌的光荣使命。

回望新时代十年，习近平总书记带头读书学习，反复强调要爱读书、读好书、善读书，建设书香社会。党中央聚焦"国之大者"，锲而不舍狠抓全民阅读工作，从党的十八大报告提出"开展全民阅读活动"，到党的二十大报告提出"深化全民阅读活动"，全民阅读活动作为党和国家战略落地生根，全社会书香氛围日益浓厚，爱读书、读好书、善读书成为新时代的新风尚。毋庸置疑，伴随以中国式现代化全面推进中华民族伟大复兴的铿锵脚步，深化全民阅读活动必将更上一层楼，中华文明的生命力必将焕发勃勃生机，中国人民的精气神必将辉光日新！

《周易·大畜》曰："君子以多识前贤往行，以畜其德。"为了认真学习贯彻落实党的二十大精神，迎接第28个世界读书日和第二届全民阅读大会，我们组织选编了《跟着名家好读书》，收录了国内名家有关爱读书、读好书、善读书的散文、随笔55篇，集中展现了名家读书的心法智慧，期望能够帮助读者参悟把书读活的智慧与艺术，修养心性，陶冶情操，启迪智慧，进而为全社会形成爱读书、读好书、善读书的浓厚氛围，为推动全体人民实现物质与精神共同富裕"双丰收"，尽一份绵薄之力。

本书有四个特点：一是名家阵容豪华。有诺贝尔奖获得者李政道、杨振宁，有"人民艺术家"国家荣誉称号获得者王蒙，有被授予"人民教育家"国家荣誉称号的于漪，有两院院士严济慈，有文化巨匠胡适等。凡文化大家、大国工匠、科技精英、国医大师等，都是爱书如命、学有大成、正能量满满的"大先生"。二是读书心法云集。所选名家都饱读诗书、学养深厚，全部文章皆为名家本人读书心法的点睛之笔和解惑之道，有对前贤读书心法精华的冶炼萃取，也有各自博古通今学贯中西所发明的"独门绝活"，思想光亮鲜艳，针对性强，具有普遍指导意义，可以作为指导大家读书学习的灯塔。三是所选文章优美。每篇文章都是出自名家之手的美文，立意高远宏阔，叙述流畅自然，情感至诚至真，集思想性、艺术性和可读性于一体，饱含着怎样读书的智慧与艺术，蕴藏着怎样作文、做事与做人的道理和哲理，读每一篇文章都回味无穷，心灵的净化和智慧的升华难以言表。四是编排体系独特。本书编排上分为"读"乐陶陶、经验荟萃、博览好书、金针度人四个篇章，分别展现了不同名家读书的乐趣、经验、好书玩味、读书技法等内容，每篇之内按名家诞辰为先后顺序，每篇文章之后均注明其出处来源。

书名称之为《跟着名家好读书》的原因有三：一则所选文章都是名家读书的亲身体会，是名家"我手写我心"的金玉良言，值得学习借鉴。二则所选文章确实是名家的优美散文，文笔动人，文字上乘，犹如金声玉振。三则我国的读书名家灿若星辰，拜一个名家学艺不易，拜几个名师学艺非常难，拜50多位名家为师比"蜀道"还难，本书无疑是55位名家传授读书心法的盛宴。名家读书滋味长，采得百花自芬芳。愿每位读者都能从本书受益，青出于蓝而胜于蓝！

最后，我们还要呼吁，学名家读书"心法"，养浩然正气，做强国建设、民族复兴"脊梁"！

编　者
2023 年 4 月

目 录
CONTENTS

第一篇 "读"乐陶陶

"人生至乐，无如读书。"品读书香，是一种乐趣，一种情操。钻入书中世界，这边爬爬，那边停停，有时遇到心仪的人，听到惬意的话，或者对心上悬挂的问题偶有所得，就好比开了心窍，乐以忘言。正所谓布衣暖、菜根香、诗书滋味长、忘食忘忧自芬芳

第二篇　经验荟萃

"腹有诗书气自华"，凡名家都学富五车。他们的读书经验弥足珍贵，把他们的宝贵经验学到手，就可以"采得百花酿成蜜"，就可以在书海中翱翔，在阅读中享受乐趣、感悟人生、获得成长

第三篇　博览好书

中华民族自古崇尚读书，讲究格物致知、诚意正心。读书就要读好书，好书是德的种子，读好书是立德树人的大好事，人人当在博览好书中明大德、守公德、严私德。最是好书能致远，博览好书，让人思想得到启发，树立崇高理想，涵养浩然之气

第四篇　金针度人

　　过河得用船，读书须得法。读书得法，才能在爱读书、勤读书、读好书、善读书中，更好地提高思想水平、解决实际问题、实现自我超越。名家纵谈读书方法的美文，堪称度人金针，启迪我们博采众长，在阅读中形成适合自己的科学读书方法，使我们读书学习事半功倍，学有所成

第一篇 "读"乐陶陶

宋代学者家颐所著的《教子语》中有句名言："人生至乐，无如读书；至要，无如教子。"意思是说，人生最大的快乐就是读书，最重要的事情就是教育子女。无独有偶，宋末元初的翁森写过一组《四时读书乐》，说的是四时皆宜读书，而读书皆得其乐。"读书之乐乐何如，绿满窗前草不除。"（春日）"读书之乐乐无穷，瑶琴一曲来熏风。"（夏日）"读书之乐乐陶陶，起弄明月霜天高。"（秋日）"读书之乐何处寻，数点梅花天地心。"（冬日）这组诗把四时读书皆得其乐写得绘声绘色、如临其境。正所谓布衣暖、菜根香、诗书滋味长、忘食忘忧自芬芳。这才是真正的读书乐。

本篇收集了12位名家畅谈读书乐、乐读书的文章。天下第一好事，还是读书；钻入书中世界，这边爬爬，那边停停，有时遇到心仪的人，听到惬意的话，或者对心上悬挂的问题偶有所得，就好比开了心窍，乐以忘言；专心致志地研读几部大作家的著作，随着他们的人生足迹走一遍，才能真正领会他们的心路历程，领会他们生命的光辉，使自己真正增长见识，增添智慧，提升思想认识，不断完善人格；读书是最大的幸福，读书人是世间幸福人，具有阅读能力的人，无形间获得了超越有限生命的无限可能性。读书是快乐的源泉，幸福人生始于阅读。让我们一起咀嚼这些名家的优美文字，分享读书的快乐，体验幸福的旅程吧！

读书乐趣无穷

胡　适

　　从前有一位大哲学家做了一篇《读书乐》，说到读书的好处，他说："书中自有千钟粟，书中自有黄金屋，书中自有颜如玉。"这意思就是说，读了书可以做大官、获厚禄，可以不至于住茅草房子，可以娶得年轻的漂亮太太（台下哄笑）。诸位听了笑起来，足见诸位对这位哲学家所说的话不十分满意。现在我就讲之所以要读书的别的原因。

　　为什么要读书？有三点可以讲：第一，因为书是过去已经知道的知识学问和经验的一种记录，我们读书便是要接受这人类的遗产；第二，为要读书而读书，读了书便可以多读书；第三，读书可以帮助我们解决困难、应付环境，并可获得思想材料的来源。我一踏进青年会的大门，就看见许多关于读书的标语。现在我就把以上三点更详细地说一说：

　　第一，因为书是代表人类老祖宗传给我们的知识的遗产，我们接受了这遗产，以此为基础，可以继续发扬光大，更在这基础之上，建立更高深更伟大的知识。人类之所以与别的动物不同，就是因为人有语言文字，可以把知识传给别人，又传至后人，再加以印刷术的发明，许多书报便印了出来。人的脑很大，与猴不同，人能造出语言，后来更进一步而有文字，又能刻木刻字；所以人最大的贡献就是留下过去的知识和经验，使后人可以节省许多脑力。野蛮人在山野中遇见鹿，他们就画了一个人和一只鹿以代信，给后面的人叫他们勿追。但是把知识和经验遗给儿孙有什么用处呢？这是有用处的，因为这是前人很好的教训。现在学校里各种教科书，如物理、化学、历史，等等，都是根据几千年来进步的知识编纂成书的，一年、两年，或者三年，教完一科。自小学、中学，而至大学毕业，这十六年中所受的教育，都是代表我们老祖宗几千年来得来的知识学问和经验。所谓进化，就是叫人节省劳力，蜜蜂虽能筑巢，能发明，但传下来就只有这一点知识，没有继续去改革改良，以应付环境，没有做格外进一步的工作。人呢，达不到目的，就再去求进步，而以前人的知识学问和经验作参考。如果每样东西，要各个人从头学起，而不去利用过去的知识，那不是太麻烦吗？所以人有了这知识的遗产，就可以自己去成家立业，就可以缩短工作，使有余力做别的事。

第二，第二点稍复杂，就是为读书而读书。读书不是那么容易的一件事情，不读书不能读书，要能读书才能多读书。好比戴了眼镜，小的可以放大，糊涂的可以看得清楚，远的可以变为近的。读书也要戴眼镜。眼镜越好，读书的了解力也越大。王安石对曾子固说："读经而已，则不足以知经。"所以他对本草、内经、小说，无不读，这样对经才可以明白一些。王安石说："致其知而后读。"试举《诗经》作一个例子。从前的学者把《诗经》看作"美""刺"的圣书，越讲越不通。现在的人应该多预备几副好眼镜，人类学的眼镜、考古学的眼镜、文法学的眼镜、文学的眼镜。眼镜越多越好，越精越好。例如，"野有死麕，白茅包之。有女怀春，吉士诱之"；我们若知道比较民俗学，便可以知道打了野兽送到女子家去求婚，是平常的事；又如"钟鼓乐之，琴瑟友之"，也不必说什么文王太姒，只可看作少年男子在女子的门口或窗奏乐唱和，这也是很平常的事。再从文法方面来观察，像《诗经》里"之子于归""黄鸟于飞""凤凰于飞"的"于"字；此外，《诗经》里又有几百个的"维"字，还有许多"助词""语词"，这些都是有作用而无意义的虚字。但以前的人却从未注意及此。这些字若不明白，《诗经》便不能懂。再说在《墨子》一书里，有点光学、力学，又有点经济学。但你要懂得光学，才能懂得墨子所说的光；你要懂得各种知识，才能懂得《墨子》里一些最难懂的文句。总之，读书是为了要读书，多读书更可以读书。最大的毛病就在怕读书、怕读难书。越难读的书我们越要征服它们，把它们作为我们的奴隶或向导，我们才能打倒难书，这才是我们的"读书乐"。若是我们有了基本的科学知识，那么，我们在读书时便能左右逢源。我再说一遍，读书的目的在于读书，要读书越多才可以读书越多。

第三点，读书可以帮助解决困难，应付环境，供给思想材料。知识是思想材料的来源。思想可分作五步。思想的起源是大的疑问。吃饭拉屎不用想，但逢着三岔路口，十字街头那样的环境，就发生困难了。走东或走西、这样做或是那样做，有了困难，才有思想。第二步要把问题弄清，究竟困难在哪一点上。第三步才想到如何解决，这一步，俗话叫作出主意。但主意太多都采用也不行，必须挑选。但主意太少，或者竟全无主意，那就更没有办法了。第四步就是要选择一个假定的解决方法。要想到这一个方法能不能解决。若不能，那么，就换一个；若能，就行了。这好比开锁，这一个钥匙开不开，就换一个；假定是可以开的，那么，问题就解决了。第五步就是证实。凡是有条理的思想都要经过这步，或是逃不了这五个阶段。科学家要解决问题，侦探要侦探案件，多经过这五步。

　　这五步之中，第三步是最重要的关键。问题当前，全靠有主意。主意从哪儿来呢？从学问经验中来。没有知识的人，见了问题，两眼白瞪瞪，抓耳挠腮，一个主意都不来。学问丰富的人，见着困难问题，东一个主意，西一个主意，挤上来，涌上来，请求你录用。读书是过去知识学问经验的记录，而知识学问经验就是要用在这时候，所谓养军千日，用在一朝。否则，学问一些都没有，遇到困难就要糊涂起来。例如，达尔文把生物变迁现象研究了几十年，却想不出一个原则去整统他的材料。后来无意中看到马尔萨斯的人口论，说人口是按照几何学级数一倍一倍地增加，粮食是按照数学级数增加，达尔文研究了这原则，忽然触及，就把这原则应用到生物学上去，创了物竞天择的学说。读了经济学的书，可以得着一个解决生物学上的困难问题，这便是读书的功用。古人说"开卷有益"，正是此意。读书不是单为文凭功名，只因为书中可以供给学问知识，可以帮助我们解决困难，可以帮助我们思想。又譬如从前的人以为地球是世界的中心，后来天文学家哥白尼却主张太阳是世界的中心，地球绕着而行。据罗素说，哥白尼之所以这样解说，是因为希腊人已经讲过这句话；假使希腊没有这句话，恐怕更不容易有人敢说这句话吧。这也是读书的好处。有一家书店印了一部旧小说叫作《醒世姻缘传》，要我作序。这部书是西周生所著的，印好后在我家藏了六年，我还不曾考出西周生是谁。这部小说讲到婚姻问题，其内容是这样：有个好老婆，不知何故，后来忽然变坏，作者没有提及解决方法，也没有想到可以离婚，只说是前世作孽，因为在前世男虐待女，女就投生换样子，压迫者变为被压迫者。这种前世作孽，起先相爱，后来忽变的故事，我仿佛什么地方看见过。后来忽然想起《聊斋》一书中有一篇和这相类似的笔记，也是说到一个女子，起先怎样爱着她的丈夫，后来怎样变为凶太太，便想到这部小说大约是蒲留仙或是留仙的朋友做的。去年我看到一本杂记，也说是蒲留仙做的，不过没有多大证据。今年我在北京，才找到了证据——这一件事可以解释刚才我所说的第二点。就是读书可以帮助读书，同时也可以解释第三点，就是读书可以供给出主意的来源。当初若是没有主意，到了逢着困难时便要手足无措，所以读书可以解决问题，就是军事、政治、财政、思想等问题，也都可以解决，这就是读书的用处。

我从五岁起到了四十岁，读了三十五年的书。我可以很诚恳地说，中国旧籍是经不起读的。中国书不够读，我们要另开生路，辟殖民地，这条生路，就是每一个少年人必须至少要精通一种外国文字。读外国语要读到有乐而无苦，能做到这地步，书中便有无穷乐趣。希望大家不要怕读书，起初的确要查阅字典，但假使能下一年苦功，继续不断做去，那么，在一二年中定可开辟一个乐园，还只怕求知的欲望太大，来不及读呢。

（选自《读书文摘》，2013 年第 9 期）

夜读记快

臧克家

八九岁时，读死书，强成诵，否则，受到责罚，其苦难言。中年到老年，嗜读成癖，心情迥异而境界也完全不同了。一日不读书，好比一天不吃饭，精神食粮之需要不亚于米粟了。

我在大学里读的中文系，全部精力放在创作上了。图书馆的大门，踏进时绝少，呕心沥血从胸中掏东西，而填入的却少得可怜。

到了晚年，愧惭于腹中无物，而别人却以饱学前辈视之，愧怼之余，拼命补课，饥不择食，视书本如亲朋，几乎不可须臾离。年已八十多岁，杂事如毛而精力已半枯涸，每天不少时间在卧榻之上。晚上，家人在看电视，而我呢，很早就脱衣上床了。这时，房门一闭，没人来打扰，没有杂事来分心，体泰神安，心情平静如春水。台灯柔光，诱发我夜读的佳兴。我床头上，书有三堆，高的近二尺，全是古典作品，诗词歌赋、文章论著，如列八珍。什么都想知道，什么也知之甚少。学海无涯，越读越觉得味道深厚，因而兴趣也越浓重。孔子沉溺于音乐，三月不知肉味，其志专也；发愤忘食乐以忘忧，境界高也。我对孔老夫子的"吾十有五而志于学"到老而乐此不疲的毅力

· 跟着名家好读书 ·

和志趣钦佩极了！

我所以贪读，因为书增我知识，开我眼界，使我精神上得到很高的享受。我读书很杂，不研究，只欣赏。古人说：开卷有益，我觉得很对。我对中国文学史、历代大家名家的作品，只有一般性的知识，入得不深，零零星星的印象，缺乏一条主线把它联系起来。所以，我对理论性的文章特别喜欢读，受益不浅。

但是，我最大的快乐，还有甚于知识所给予的。

孤灯夜读，思接千载。名篇佳作，会心动情。有些诗词、文章，读了几十年，何止千遍，每次重读，如故人相逢，其乐无穷。有的作品，有的选本未收，初次入目，高兴万分，真有乐莫乐兮新相知之感。如南宋徐君宝妻作的《满庭芳》。我击节低吟，内心凄楚，题目上画上蓝红两个圆圈，句句红线蓝圈，艺术魅力令人旷百世而共感，它可以超时间，越国界，使古人今人心灵交通，泯去死生界线。但，有一些历代早有定评的大家之作，我并不欣赏。读古决不泥古崇古，读书首先要有个"我"在。

上了年纪，记忆太差，读时极认真，忘却也极快。太恼人，无可如何！

最后，想用个人的两个诗句，总结夜读之乐："文章读到会心处，顿觉灯花亦灿然。"

"灯花"，不也就是心花吗？

（选自《新民晚报》，1988年12月6日）

读书苦乐

杨　绛

　　读书钻研学问，当然得下苦功夫。为应考试、为写论文、为求学位，大概都得苦读。陶渊明好读书。如果他生于当今之世，要去考大学，或考研究院，或考什么"托福"，难免会有些困难吧？我只愁他政治经济学不能及格呢，这还不是因为他"不求甚解"。

　　我觉得读书好比串门儿——"隐身"的串门儿。要参见钦佩的老师或拜谒有名的学者，不必事前打招呼求见，也不怕搅扰主人。翻开书面就闯进大门，翻过几页就升堂入室；而且可以经常去，时刻去，如果不得要领，还可以不辞而别，或者另找高明，和他对质。不问我们要拜见的主人住在国内国外，不问他属于现代古代，不问他什么专业，不问他讲正经大道理或聊天说笑，都可以挨近前去听个足够。我们可以恭恭敬敬旁听孔门弟子追述夫子遗言，也可以在苏格拉底临刑前守在他身边，听他和一位朋友谈话。可以对斯多葛派伊匹克悌忒斯的《金玉良言》思考怀疑，可以倾听前朝列代的遗闻逸事，也可以领教当代最奥妙的创新理论或有意惊人的故作高论。反正话不投机或言不入耳，不妨抽身退场，甚至砰一下推上大门——就是说，啪地合上书面——谁也不会嗔怪。这是书以外的世界里难得的自由！

壶公悬挂的一把壶里，别有天地日月。每一本书——不论小说、戏剧、传记、游记、日记，以至散文诗词，都别有天地，别有日月星辰，而且还有生存其间的人物。我们很不必巴巴地赶赴某地，花钱买门票去看些仿造的赝品或"栩栩如生"的替身，只要翻开一页书，走入真境，遇见真人，就可以亲亲切切地观赏一番。

说什么"欲穷千里目，更上一层楼"！我们连脚底下地球的那一面都看得见，而且顷刻可到。尽管古人把书说成"浩如烟海"，书的世界却是真正的"天涯若比邻"，这话绝不是唯心的比拟。世界再大也没有阻隔。佛说"三千大千世界"，可算大极了。书的境地呢，"现在界"还加上"过去界"，也带上"未来界"，实在是包罗万象，贯通三界。而我们却可以足不出户，在这里随意阅历，随时拜师求教。谁说读书人目光短浅，不通人情，不关心世事呢！这里可得到丰富的经历，可认识各时各地、多种多样的人。经常在书里"串门儿"，至少也可以脱去几分愚昧，多长几个心眼儿吧？我们看到道貌岸然、满口豪言壮语的大人先生，不必气馁胆怯，因为他们本人家里尽管没开放门户，没让人闯入，他们的亲友家我们总到过，认识他们虚架子后面的真嘴脸。一次我乘汽车驰过巴黎塞纳河上宏伟的大桥，我看到了栖息在大桥底下那群捡垃圾为生、盖报纸取暖的穷苦人。不是我眼睛能拐弯儿，只因为我曾到那个地带去串过门儿啊。

可惜"串门儿"只能"隐身"，"隐"而犹存的"身"毕竟只是凡胎俗骨。我们没有如来佛的慧眼，把人世间几千年积累的智慧一览无余，只好时刻记住庄子"生也有涯而知也无涯"的名言。我们只是朝生暮死的虫豸，钻入书中世界，这边爬爬，那边停停，有时遇到心仪的人，听到惬意的话，或者对心上悬挂的问题偶有所得，就好比开了心窍，乐以忘言。这个"乐"和"追求享受"该不是一回事吧？

（选自《共产党员》，2017 年第 12 期）

天下第一好事，还是读书

季羡林

古今中外赞美读书的名人和文章，多得不可胜数。张元济先生有一句简单朴素的话："天下第一好事，还是读书。""天下"而又"第一"，可见他对读书重要性的认识。

为什么读书是一件"好事"呢？

也许有人认为，这问题提得幼稚而又突兀。这就等于问"为什么人要吃饭"一样，因为没有人反对吃饭，也没有人说读书不是一件好事。

但是我却认为，凡事都必须问一个"为什么"，事出都有因，不应当马马虎虎，等闲视之。现在就谈一谈我个人的认识，谈一谈读书为什么是一件好事。

凡是事情古老的，我们常常总说"自从盘古开天地"。我现在还要从盘古开天地以前谈起，从人类脱离了兽界进入人界开始谈。人成了人以后，就开始积累人的智慧，这种智慧如滚雪球，越滚越大，也就是越积越多。禽兽似乎没有发现有这种本领，一只蠢猪一万年以前是这样蠢，到了今天仍然是这样蠢，没有增加什么智慧。人则不然，不但能随时增加智慧，而且根据我的观察，增加的速度越来越快，有如物体从高空下坠一般。

到了今天，达到了知识爆炸的水平。最近一段时间以来，"克隆"使全世界的人都大吃一惊。有的人竟忧心忡忡，不知这种技术发展"伊于胡底"。（语出《诗经·小雅·小》："我视谋犹，伊于胡底？"意为：到什么地步为止，形容结局不堪设想。——编者注）信耶稣教的人担心将来一旦"克隆"出来了人，他们的上帝将向何处躲藏。

人类千百年以来保存智慧的手段不出两端：一是实物，比如长城等等；二是书籍，以后者为主。在发明文字以前，保存智慧靠记忆；文字发明了以后，则使用书籍。把脑海里记忆的东西搬出来，搬到纸上，就形成了书籍。书籍是贮存人类代代相传的智慧的宝库。后一代的人必须读书，才能继承和发扬前人的智慧。人类之所以能够进步，永远不停地向前迈进，靠的就是能读书又能写书的本领。我常常想，人类向前发展，有如接力赛跑，第一代人跑第一棒；第二代人接过棒来，跑第二棒，以至第三棒、第四棒，永远跑下去，永无穷尽，这样智慧的传承也永无穷尽。这样的传承靠的主要就是书，书是事关人类智慧传承的大事，这样一来，读书不是"天下第一好事"又是什么呢？

但是，话又说了回来，中国历代都有"读书无用论"的说法，读书的知识分子，古代通称之为"秀才"，常常成为取笑的对象，比如说什么"秀才造反，三年不成"，是取笑秀才的无能。这话不无道理。在古代——请注意，我说的是"在古代"，今天已经完全不同了——造反而成功者几乎都是不识字的痞子流氓，中国历史上两个马上皇帝，开国"英主"，刘邦和朱元璋，都属此类。诗人只有慨叹"刘项原来不读书"。"秀才"最多也只有成为这一批地痞流氓的"帮忙"或者"帮闲"，帮不上的，就只好慨叹"儒冠多误身"了。

但是，话还要再说回来，中国悠久的优秀的传统文化的传承者，是这一批地痞流氓，还是"秀才"？答案皎如天日。这一批"读书无用论"的现身"说法"者的"高祖""太祖"之类，除了镇压人民剥削人民之外，只给后代留下了什么陵之类，供今天搞旅游的人赚钱而已，他们对我们国家竟无贡献可言。

总而言之，"天下第一好事，还是读书"。

（选自《词刊》，2016年第7期）

读书本该会意

汤一介

"好读书，不求甚解；每有会意，便欣然忘食。"（陶渊明，《五柳先生传》）这是我的读书观。一个学者一生要读各种各样的书，不是读什么书都要做到甚解。小时候读《三国演义》，很多地方读不懂，但还爱看，因为就想知道故事的大概。我读书教书，还是信守"好读书，不求甚解"的信条。研究哲学，特别是中国哲学，中国哲学家有那么多书，每本书、每句话，都要求"甚解"，可能吗？

我认为陶渊明这两句话对研究哲学的人来说，后面一句"每有会意，便欣然忘食"更重要。我们常把汉人对经典的注释叫"章句之学"，每章每句都要详加解释。"一经之说至百余万言"，儒师秦延君释"尧典"二字，十余万言。至魏晋风气一变，注经典多言简意赅，倡"得意忘言"。郭象注《庄子·逍遥游》，批评那一字一句注解的章句之学为"生说"（生硬的解释）。他说，"达官之士宜要其会归，而遗其所寄，不足事事曲与生说，自不害其宏旨，皆可略之耳。"我想，这就是"会意"。读哲学书，重要的是"会意"，"会意"才能对古人的思想有个心领神会，才能有所创新。

在我的一篇文章中，为了说明我对"真、善、美"的看法，我就给孔子说的"五十而知天命，六十而耳顺，七十而从心所欲不逾矩"一个新解，认为这三句话是孔子说他自己追求真善美的过程。我真的"甚解"了孔夫子的话吗？没有，但我从孔子的话中"会意"出一种新意来，于是我便"欣然忘食"了。

读书人喜欢读书，特别是像我这样的读书人喜欢读各种各样的书，宗教的、文学的、艺术的、考古的、历史的、民俗的，甚至科学的，等等，是不能要求都"甚解"的，知道一点就行了。它可以帮助你开阔眼界，拓宽思路。读你自己专业的书，当然要求了解得深入一些，但也只能是"深入一些"，也不可能字字句句都有所谓"正确了解"，而"会意"则是更为重要的。哲学家要求的是"六经注我"，而非"我注六经"。"会意"实际上是加上你自己的"创造"，这样才真的把学问深入下去了。

（选自《现代教育报》，2018 年 4 月 25 日）

读书的乐趣

王梓坤

你最喜爱什么？——书籍。

你经常去哪里？——书店。

你最大的兴趣是什么？——读书。

这是友人提出的问题和我的回答。真的，我这一辈子算是和书，特别是好书结下了不解之缘。有人说，读书要费那么大的劲，又发不了财，读它做什么？我却至今不悔，不仅不悔，反而情趣越来越浓。想当年，我也曾爱打球，也曾爱下棋，对操琴也有兴趣，还登台伴奏过，但后来却都一一"断交"。那原因，便是怕花费时间，玩物丧志，误了我的大事——求学。这当然过激了一些，有点"左"。剩下来唯有读书一事，自幼至今，无日少废，谓之"书痴"也可，谓之"书橱"也可，管它呢，人各有志，不可相强。我的一生大志，便是教书，而当教师，不多读书是不行的。

读好书是一种乐趣，一种情操，一种向全世界古往今来的伟人和名人求教的方法，一种和他们展开讨论的方式，一封出席各种社会、体验各种生活、结识各种人物的邀请信，一张迈进科学宫殿和未知世界的入场券，一股改造自己、丰富自己的强大力量。书籍是全人类有史以来共同创造的财富，是永不枯竭的智慧的源泉。失意时读书，可以使人重振旗鼓；得意时读书，可以使人头脑清醒；疑难时读书，可以得到解答或启示；年轻人读书，可明奋进之道；年老人读书，能知健神之理。浩浩乎！洋洋乎！如临大海，或波涛汹涌，或清风微拂，取之不尽，用之不竭。吾于读书，无疑义矣，三日不读，则头脑麻木，心摇摇无主。

我和书籍结缘，开始于一次非常偶然的机会。大概是八九岁吧，家里穷得揭不开锅，我每天从早到晚，都要去田园里帮工。一天，偶然从旧木柜阴湿的角落里，找到一本《薛仁贵征东》。管它呢，且往下看。第一回的标题已忘记，只是那首开卷诗不知为什么至今仍记忆犹新："日出遥遥一点红，飘飘四海影无踪。三岁孩童千两价，保主跨海去征东。"

第一句指山东，二三两句分别点出薛仁贵（雪、人贵）。那时识字很少，半看半猜，居然引起了我极大的兴趣，同时也教我认识了许多生字。

这是我有生以来独立看的第一本书。尝到甜头以后，我便千方百计去找书，向小朋友借，到亲友家找，居然断断续续看了《薛丁山征西》《彭公案》《二度梅》等。我真入迷了。从此，放牛也罢，车水也罢，我总要带一本书，还练出了边走田间小路边读书的本领，读得津津有味，不知人间别有他事。

当我们安静下来回想往事时，往往会发现一些偶然的小事却影响了自己的一生。如果不是找到那本《薛仁贵征东》，我的好学心也许激发不起来；我这一生，也许会走另一条路。人的潜能，好比一座汽油库，星星之火，可以使它响声隆隆、光照天地；但若少了这粒火星，它便会成为一潭死水，永归沉寂。

好容易上了中学。做完功课还有点时间，便常光顾图书馆。好书借了实在舍不得还，但买不到也买不起，便下决心动手抄书。抄，总抄得起。我抄过林语堂写的《高级英文法》，抄过英文的《英文典大全》，还抄过《孙子兵法》。人们但知抄书之苦，未知抄书之益，抄完毫末俱见，一览无余，胜读十遍。

辛苦了一周，人相当疲劳了，每到星期六，我便到旧书店走走，这已成为我生活中的一部分，多年如此。一次，偶然看到一套《纲鉴易知录》，编者之一便是选编《古文观止》的吴楚材。这部书提纲挈领地讲中国历史，上自盘古氏，直到明末，记事简明，文字古雅，又富于故事性，我便从头到尾读了一遍。从此启发了我读史书的兴趣。

我也爱读鲁迅的杂文，果戈理、梅里美的小说。我非常敬重文天祥、秋瑾的人品，常记他们的诗句："人生自古谁无死，留取丹心照汗青。""休言女子非英物，夜夜龙泉壁上鸣。"唐诗、宋词、《西厢记》、《牡丹亭》，丰富我文采，澡雪我精神，其中精粹，实是人间神品。读了邓拓的《燕山夜话》，我既叹服其广博，也动了写《科学发现纵横谈》的心。不料这本小册子竟给我招来了上千封鼓励信。以后人们便写出了许许多多的"纵横谈"。

从学生时代起，我就喜读方法论方面的论著。我想，做什么事情都要讲究方法，追求效率、效果和效益，方法好能事半而功倍。我很留心一些著名科学家、文学家写的心得体会和经验。我曾惊讶为什么巴尔扎克在短短的 51 年的人生中能写出上百本书，并从他的传记中去寻找答案。文史哲和科学的海洋无边无际，先哲们的明智之光沐浴着人们的心灵，我衷心感谢他们的恩惠。

以上我谈了读书的好处，现在要回过头来说说事情的另一面。

读书要选择。世上有各种各样的书：有的不值一看，有的只值得看 20 分钟，有的可看 5 年，有的可保存一辈子，有的将永远不朽。即使是不朽的超级名著，由于我们的精力与时间有限，也必须加以选择。绝不要看坏书，对一般的书，要学会速读。

读书要多思考。应该想想，作者说得对吗？完全吗？适合今天的情况吗？从书本中迅速获得效果的好办法是有的放矢地读书，带着问题去读，或偏重某一方面去读。这时我们的思维处于主动寻找的地位，就像猎人追找猎物一样主动，很快就能找到答案，或者发现书中的问题。

有的书浏览即止，有的要读出声来，有的要心头记住，有的要笔头记录。对重要的专业书或名著，要勤做笔记，"不动笔墨不读书"。动脑加动手，手脑并用，既可加深理解，又可避忘备查，特别是自己的灵感，更要及时抓住。清代章学诚在《文史通义》中说："札记之功必不可少，如不札记，则无穷妙绪，如雨珠落大海矣。"许多大事业、大作品，都是长期积累和短期突击相结合的产物。涓涓不息，将成江河；无此涓涓，何来江河？

爱好读书是许多伟人的共同特性，不仅学者专家如此，一些大政治家大军事家也如此。曹操、康熙、拿破仑、毛泽东都是手不释卷、嗜书如命的人，他们的巨大成就与毕生刻苦自学密切相关。

（选自《语文学习》，1996 年第 5 期）

读书是最大的幸福

谢 冕

　　我常想读书人是世间幸福人，因为他除了拥有现实的世界之外，还拥有另一个更为浩瀚广阔也更为丰富的世界。现实的世界是人人都有的，而后一个世界却为读书人所独有。由此我又想，那些失去或不能阅读的人是多么的不幸，他们的损失是无可补偿的。世间有诸多的不平等——财富的不平等，权利的不平等，而阅读能力的拥有或者丧失却体现为精神的不平等。

　　一个人的一生，只能感受自己拥有的那一份欣悦，那一份苦难，也许再加上他亲自闻知的那一些关于自身以外的经历和经验。然而，人们通过阅读，却能进入不同时空的诸多他人的世界。这样，具有阅读能力的人，无形间获得了超越有限生命的无限可能性。阅读不仅使他多识了草木虫鱼之名，而且可以上溯远古下及未来，饱览存在的与非存在的奇风异俗。

　　更为重要的是，读书，加惠于人的不仅是知识的增广，而且还在于精神的感化与陶冶。人们从读书学做人，从那些往哲先贤以及当代才俊的著述中学得他们的人格品质。人们从《论语》学得智慧的思考；从《史记》学得严肃的历史精神；从《正气歌》学得人格的刚烈；从马克思学得入世的激情；从鲁迅学得批判精神；从列夫·托尔斯泰学得道德的执着。歌德诗句刻写着睿智的人生，拜伦的诗句呼唤着奋斗的热情。一个读书人，是一个有机会拥有超乎个人生命体验的幸运人。

一个人一旦与书本结缘，极大的可能是注定了成为与崇高追求和高尚情趣相联系的人。说"极大的可能"，指的是不排除读书人中也有卑鄙和奸诈，况且，并非凡书皆好，在流传的书籍中，并非全是劝善之作，也有无价值的甚而起负面效果的。但我们所指的读书，总是以其优好品质得以流传一类，这类书对人的影响总是良性的。我之所以常感读书幸福，是从喜爱文学并读文学书的亲身感受而发。一旦与此种嗜好结缘，人多半因而向往于崇高一类，对暴力的厌恶和对弱者的同情，使人心灵纯净而富正义感，人往往变成情趣高雅而趋避凡俗。或博爱，或温情，或抗争，大体总引导人从幼年到成人，一步一步向着人间的美好境界前行。笛卡儿说："读一本好书，就是和许多高尚的人谈话。"这就是读书使人向善。雨果说："各种蠢事，在每天阅读好书的影响下，仿佛烤在火上一样渐渐熔化。"这就是读书使人避恶。

所以，我说，读书人是幸福的人。

（选自《小作家选刊（小学生版）》，2005 年第 11 期）

· 跟着名家好读书 ·

书 趣

袁行霈

到我识字的时候家里藏书已经不多了，父母督责又不严，所以我小时候并没有认真地读什么书，当然也领略不到书的乐趣。只是因为没有年龄相近的兄弟姐妹一起玩耍，父母又不肯放我出去"撒野"，便只好取书为伴，胡乱地读来解闷。在读过的书里真正喜欢的也不多，只有一部《聊斋志异》成了我的好朋友。我本耽于幻想，但任凭我想入非非，也幻化不出聊斋那么多瑰奇的故事。我对蒲家庄那位老秀才佩服极了。至于外国文学的知识，多半是靠了郑振铎先生的《文学大纲》，这书印刷精美，又有许多插图，成了我经常摩挲翻阅的读物。陆放翁说他小时候偶然见到陶渊明的诗，欣然会心，爱不释手。日暮，家人喊他用饭，至夜卒不就食。那真是一种福气。我远未达到他这样痴迷的程度。

1953年我考入北大，经常钻图书馆，这才日益体验了书趣。当时的图书馆在办公楼南侧，负责出纳的馆员，论年纪有的是师辈，和蔼可亲，颇有书卷气。递上索书条，略等片刻，书已到手。书库在楼上，有一类似烟囱的通道通到一楼的出纳台，借还的书籍都是由这通道吊下吊上的。等书的时候，那吊索、吊索上的书笼和书笼里放置的各种各样的书刊，便成为我注视欣赏的对象。那时阅览室里还有两样东西使我感兴趣，一是开架的工具书，有的厚极了，两手托不住，平摊在一个固定的支架上，任读者随时翻阅；另一样是铅笔刀，似乎是固定在一扇不开的门的框上，铅笔插进去，用手摇几下就行了。这些小设施体现了管理人员对读者的一份细心的关照。那时的馆长是向达先生，他是一位著名的学者，懂得读书人想亲近书的心情，所以允许教师入库。我一毕业留校任助教，便享受了这种优待，于是常常登上楼梯，钻进书库，随意浏览。身子挤在高大的书架之间的小"胡同"里，前后左右除了书还是书。伴着淡淡的书香，一待就是半天，比看电影、逛公园还惬意。有时被好奇心驱使，专取那些尘封已久的书来翻，弄得两手都是灰。看书的同时，留意书后借阅者的签名和年月也挺有意思。有一部书从 30 年代郭绍虞先生借阅以后从未有人借过。郭先生的签名十分隽秀，至今难忘。有一段时间我的体力不佳，偶尔带个小马扎进去，站累了可以坐下歇歇。小马扎允许带入书库，是管理人员的优待和信任，心里很感激。

入库省了我很多精力和时间。有些书本来只要查阅一下就可以了，不需要麻烦管理员为我们取出来，彼此都省事。有时为了研究一个题目，要查阅许多书，入库就更方便了。更重要的是入库可以激发做学问的兴趣，在无意的浏览中还可以发现新的有意义的研究课题。1982 年至 1983 年我在日本东京大学教书，课余曾到八家著名的图书馆访书，有时也获准入库。著名的静嘉堂文库是收藏原属我国皕宋楼藏书的一家图书馆。馆长亲自陪我入库，不少国内已看不到的宋元善本，整齐地存放在樟木制做的书柜里，欢迎读者借阅。更使我感叹的是东京大学的汉籍中心，索性发给我一把书库的钥匙，供我随时入库读书，真是方便极了。

逛书店也是一件趣事。50年代和60年代初，琉璃厂、隆福寺、东安市场都有不少旧书店，书多而且便宜，偶尔还能碰上善本。可惜当学生时零用钱很少，当了助教月薪也不过五六十块，能有多少钱买书呢？实际上是把书店当成图书馆来逛。近几年收入增加了，可是书价也涨了。线装的古旧书，以前几十元一部的，现在恨不得卖到千元，仍然是买不起。隆福寺的旧书店关闭了，东安市场的旧书店消逝了，只剩下琉璃厂还有几家，俨乎其然的，早已不是当年那副欢迎读书人来买的样子。物以稀为贵嘛，也难怪。不过平心而论，这些年我还是买了点书。我给自己定下一个规矩，走进书店万不得已不要空手出来，总得买一两本才对得起书店和书的作者们。就这样，有自己买的，有朋友写了书赠送的，加起来我这间14平方米的书房几乎摆满了三面墙的书。陶渊明有诗曰："桑麻日已长，我土日已广。"我看着自己的藏书常常想起这两句诗来，借用其意以表示藏书增长的喜悦。

不过，做研究还得靠图书馆，个人的书远远不够。一些老师不愿离开北大，有一个重要的原因就是依恋这儿的藏书。尽管别处住房宽敞奖金优厚，但是书少，做研究不方便。我希望政府多拨些图书经费，使北大图书馆的藏书更丰富些，也希望北大图书馆多做些方便读者的事。读者的研究工作取得成绩，决不会忘记图书馆里那些忙忙碌碌供给他们图书资料的人们。

（选自《阅读》，2017年第5期）

读书学习永无止境

林兆木

　　童年时父母亲相继离世，家境贫寒，生活艰难。这使我自幼能吃苦，勤奋好学。小学毕业时迎来了新中国成立，从初中、中专到大学，我的生活和学习费用都是靠人民助学金供给。没有党和国家的培养，我就不可能接受教育、不断成长。读初二时，老师介绍我读苏联小说《钢铁是怎样炼成的》，正是这本书的启蒙，使我走上了追求进步的道路。新中国阳光明媚，处处洋溢着团结奋进的气氛，激励着我奋发向上。我先后加入中国新民主主义青年团和中国共产党，从此读书和工作更加努力了。

　　我在读书路上的新起点，是 1956 年 7 月考入中国人民大学经济系学习。这是一个来之不易的学习机会。当时授课的宋涛、卫兴华、吴树青等老师要求我们认真读马克思《资本论》等经典著作。开始读时理解不深，难懂的章节、段落便反复读，向老师请教、与同学讨论，直到读懂理解，并认真写读书笔记。大学几年的每个周末及寒暑假大部分时间，都是在教室和阅览室度过的。毕业前，我认真读完了《资本论》一、二、三卷和恩格斯《反杜林论》等著作，为后来工作打下了基础。

　　书到用时方恨少。大学毕业后，我留校分配在《教学与

· 跟着名家好读书 ·

研究》杂志社做编辑。当时，我在编辑工作和写文章上完全是门外汉，必须从头学起，大量阅读，强补各方面知识。我请教同在编辑部的许征帆老师应怎么读书，他建议我先认真读《毛泽东选集》四卷和鲁迅著作，再从《古文观止》和《古文辞类纂》中挑选些范文熟读，补历史知识可读《资治通鉴》。之后几年，我认真读了这些书，确实有很大收获。

1961 年 9 月，我被调回中国人民大学经济系工作。1962年春天，有幸参加黄松龄副校长领导的社会主义经济问题研究小组。黄校长提出，应认真研读列宁在俄国十月革命后的全部著作，再紧密结合我国实际，从中研究建设社会主义的规律。我按照这一要求，用一年多时间把列宁在十月革命后的著作通读了一遍，并写了读书笔记。这对我后来研究问题也有帮助。

1977 年，我下决心把当时已出版的《马克思恩格斯全集》50 卷通读一遍。6 年通读《全集》50 卷，使我系统地学习了马克思主义理论，受到了深刻教育。马克思为了科学事业和无产阶级解放事业，毕生以惊人毅力，历经艰辛，呕心沥血，百折不挠，创立了马克思主义科学理论。马克思研究任何问题，总是要掌握前人以及同时代人已经搜集到的全部材料和形成的成果，在此基础上进行批判性、系统性研究，并不断跟踪经济、社会和科学技术的发展，不断用新的实践检验已有的结论，不断研究新情况新问题。马克思从来不把已有研究的结论当作僵死不变的教条，总是反对把他在一定条件下的论述变成一把万灵的钥匙。在他的著作中，我们看不到从定义、原理、规律出发，只靠演绎推理得出结论，而总是从具体的历史环境和条件出发，对问题作出具体的分析，从而得出结论。马克思主义之所以是科学，就是因为它是严格遵循科学规律进行科学研究的成果。更让我终生受益的是在马克思、恩格斯著作中到处蕴含的唯物辩证法，这不仅成为我研究分析问题的基本方法，而且成为指导我走人生道路的基本准则。

20世纪80年代，我曾在《红旗》杂志社担任编辑、评论组长和经济部负责人，撰写或编辑文章都从读书和调研开始。每年用一两个月时间到农村和企业调研，并带着实际问题和工作任务反复研读党和国家领导人的论述和中央文件及相关资料，力求吃透两头，使撰写、编辑的文章能够正确体现中央关于改革开放和发展的决策精神。

1988年调到国家计委经济研究中心以后，为适应转到宏观经济部门做研究和参与文件起草工作的新任务，我夜以继日地认真读书学习，力求深入掌握宏观经济理论、政策和现实经济情况。同时，充分利用到国外考察、研讨的机会，深入了解发达国家的发展历程和经验教训，并结合实际重读西方经济学的代表性著作。读书学习使我能够不断充实提高自己，较好地完成工作任务。

我自少年开始爱读小说。读一部文学巨著，犹如经历了一次人生，有助于丰富人生阅历，可以产生不少有益的感悟。进入老年，读书兴趣不减，除了工作和研究需要读的书，还经常阅读关于国际经济、政治的研究资料以及网上的信息、文章。爱读书使我拥有诸多伴随一生的"良师益友"，真是其乐无穷、受益不尽啊！

（选自《人民日报》，2019年10月14日）

读书有如呼吸

钱理群

读书、学习是要有献身精神的。

我至今还记得王瑶先生在我刚入学成为硕士研究生时对我说的话:"钱理群,一进校你先给我算一道数学题:时间是个恒量,对于任何人,一天都只有二十四小时,要牢牢地记住这个常识——你一天只有二十四小时。这二十四小时就看你如何支配,这方面花得多了,另一方面就有所损失。要有所得,就必须有所失,不能求全。"讲得通俗点,天下好事不可能一个人全占了。

现在的年轻人最大的毛病就是想把好事占全,样样都不肯损失。你要想取得学习上的成功、研究上的成功,必须有大量的付出,时间、精力、体力、脑力,就必须有所牺牲,少玩点甚至是少睡点觉,少打扮自己。你打扮自己的时间多了,读书的时间就少了,这是一个非常简单的道理。

怎么安排时间,我没有一个价值判断。你打扮自己,你整天玩,那也是一种人生追求,不能说读书一定就比玩好。

不过你要想清楚,这边时间花得多,那边就会有损失,你打扮的时间、玩的时间多了,那就会影响读书。想多读书就不要过分想去玩、去打扮自己。这背后有一个如何处理物质和精神的关系的问题，既要物质的充分满足又要精神的充分满足，那是一种理论的说法，是一种理想状态的说法，或者是从整个社会发展的合理角度说的，落实到个人是比较难的。

我认为落实到个人，物质首先是第一的，所以鲁迅先生说："一要生存，二要温饱，三要发展。"他说得很清楚，生存、温饱是物质方面的，发展是精神方面的。在物质生活得到基本保证之前，是谈不上精神的发展的。

过去我们有一种说法就是要安贫乐道，这是一种骗人的东西，千万不要上当。要你安贫乐道的人自己在那里挥霍，我们不能安贫，我们基本的物质要求要满足，我们要理直气壮地维护自己的物质利益。

在我看来，人是要有两种生活的，在现实的物质生活之外，还要有通过阅读或其他方式、途径建立起来的精神生活。前者是受到时间与空间限制的，对于阅历尚浅的学生更是狭窄而有限的；但后者却可以打破时空界限，自由地穿梭于古今中外，漫游于人类所创造、拥有的一切文化空间。

人们在阅读中重新经历、感受生活，极大地扩展了自身的生活世界与精神世界。而阅读经典，更是和创造了人类与民族精神财富的大师、巨人对话、交流，自然也会达到一种前所未有的精神境界，从而极大地提高自身精神生活的质量。

在某种程度上，可以说，在学生阶段，通过阅读与学习建立自己的精神家园，是更为重要与根本的。这样建立起来的精神家园，尽管需要经过今后一生的实践，不断注入自身的生活经验与生命体验，才能真正化为自我生命的有机组成，但在人

　　　　　　● 跟着名家好读书 ●

生起点上，通过阅读打开一个足够辽阔的文化空间，从而达到精神空间的扩展，这对终生发展中生存空间的扩展，是具有重大意义的。

（选自《阅读》，2017 年第 5 期）

读，是一种幸福

梁晓声

读书——不，更准确地说，所谓"读"这一种习惯，对我已不止是一种幸福。这幸福就在日子里，在每一天的宁静的时光里。不消说，人拥有宁静的时光，这本身便是幸福。而宁静的时光因阅读会显得尤其美好。

我的宁静之享受，常在临睡前，或在旅途中。每天上床之后，枕旁无书，我便睡不着，肯定失眠。外出远足，什么都可能忘带，但书是不会忘带的。书是一个囊括一切的大概念。我最经常看的是人物传记、散文、随笔、杂文、文言小说之类。《读书》《随笔》《读者》《人物》《世界博览》《奥秘》都是我喜欢的刊物，是我的人生之友。前不久，友人开始寄给我《世界警察》，看了几期，也喜爱起来。还有就是目前各大报的"星期刊""周末版"或副刊。

要了解我所生活的城市，大而至于我们这个国家，我们这个地球，每天正发生着什么事，将要发生什么事，仅凭晚上看电视里的"新闻"，自然是远远不够的。"秀才不出门，便知天下事"，是所谓"秀才"聊以自慰自夸的话。或者是别人对"秀才"们的揶揄。不过在现代社会里，传播媒介如此之丰富，如此之发达，对于当代人来说，不出门而大致地知道一些"天下事"，也是做得到的。

知道了又怎样？知道了会丰富我对世界的认识。而这种认识，于我——一个以写作为职业的人来说，则是相当重要的。妄谈对世界的认识，似乎口气太大了，那么就说对周遭生活的认识吧。正是通过阅读，我感觉到周遭生活之波有时汹涌澎湃，有时潜流涡旋，有时微波涌荡……当然，这只是阅读带给我的一方面的兴致。另一方面，通过阅读，我认识了许许多多的人。仿佛每天都有新朋友。我敬爱他们，甘愿以他们为人生的榜样。同时也仿佛看清了许多"敌人"，人类的一切公敌——人类自身派生出来的到自然环境中对人类起恶影响的事物，我都视为敌人。这一点使我经常感到，爱憎分明于一个人是多么重要的品质。

创作之余，笔滞之时，我会认真地读一会儿文学期刊。若读的正是一篇佳作，便会一口气读完。不管作者认识与否，都会产生读了一篇佳作的满足感。倘是作家朋友们写的，是生活在同一座城市的人，又常忍不住拨电话，将自己读后的满足，传达给对方。这与其说是分享对方的喜悦，莫如说是希望对方分享我的喜悦。倘作者是外地的，还常会忍不住给人家写一封信去。读，实在是一种幸福。

最后我想说，与我的中学时代相比，现在的中学生，似乎太被学业所压迫了。我的中学时代，是苦于无书可读。买书是买不起的，尽管那时书价比现在便宜得多。几个同学凑了七八分钱，到小人书铺去看小人书，就是永远值得回忆的往事了。现在的中学生们，可看的太多了，却又陷入选择的迷惘，并且失去了本该拥有的时间。生活也真是太苛刻了。

我挺怜悯现在的中学生的。

我真同情我的中学生朋友们。

（选自《书人心语》，中国友谊出版社 1997 年版）

· 跟着名家好读书 ·

读书使人优美

毕淑敏

优美在字典上的意思是：美好。做一个美好的人，我相信是绝大多数人的心愿。除了心灵的美好，外表也需美好。为了这份美好，人们使出了万千手段。比如刀兵相见的整容，比如涂脂抹粉的化妆。为了抚平脸上的皱纹，竟然发明了用肉毒杆菌的毒素在眉眼间注射，让我这个曾经当过医生的人，胆战心惊。

其实，有一个最简单的美容之法，却被人们忽视，那就是读书啊！

读书的时候，人是专注的。因为你在聆听一些高贵的灵魂自言自语，不由自主地谦逊和聚精会神。即使是读闲书，看到妙处，也会忍不住拍案叫绝……长久的读书可以使人养成恭敬的习惯，知道这个世界上可以为师的人太多了，在生活中也会沿袭洗耳倾听的姿态。而倾听，是让人神采倍添的绝好方式。所有的人都渴望被重视，而每一个生命也都不应被忽视。你重视了他人，魅力就降临在你的双眸了。

读书的时候，常常会会心一笑，那些智慧和精彩，那些英明与穿透，让我们在惊叹的同时拈页展颜。微笑是最好的敷粉和装点，微笑可以传达比所有的语言更丰富的善意与温暖。有人觉得微笑很困难，以为是一个如何掌控面容的技术性问题，其实不然。不会笑的人，我总疑心是因为书读得不够广博和投入。书是一座快乐的富矿，储存了大量的浓缩的欢愉因子，当你静夜抚卷的时候，那些因子如同香氛蒸腾，迷住了你的双眼，你眉飞色舞，中了蛊似的笑了起来，独享其乐。

也许有人说，我读书的时候，时有哭泣呢！哭，其实也是一种广义的微笑，因为灵魂在这一个瞬间舒展，尽情宣泄。告诉你一个小秘密：我大半生中的快乐累加一处，都抵不过我在书中得到的欢愉多。而这种欣悦，是多么简便和利于储存啊，物美价廉重复使用，且永不磨损。

读书让我们知道了天地间很多奥秘，而且知道还有更多奥秘，不曾被人揭露，我们就不敢用目空一切的眼神睥睨天下。你在书籍里看到了无休无止的时间流淌，你就不敢奢侈，不敢口出狂言。自知是一切美好的基石。当你把他人的聪慧加上你自己的理解，恰如其分地轻轻说出的时候，你的红唇就比任何美丽色彩的涂抹，都更加光艳夺目。

你想美好吗？你就读书吧。不需要花费很多的金钱，但要花费很多的时间。坚持下去，持之以恒，优美就像五月的花环，某一天飘然而至，簇拥你颈间。

（选自《共产党员》，2017 年 7 月下）

第二篇　经验荟萃

经验是智慧之父、科学之母，名家的读书经验来之不易、无比珍贵，学到手了，就可以"采得百花酿成蜜"，学得不好，很可能一辈子都将劳而无功！清代学者袁枚的《随园诗话》中有这样一段话："蚕食桑，而所吐者丝也，非桑也；蜂采花，而所酿者蜜也，非花也。读书如吃饭，善吃者长精神，不善吃者长痰瘤。"

本篇选取16位名人介绍读书经验、漫谈阅读体会的文章，期望把名家读书智慧的闪光点晒出来，让这些散落在文字海洋里的珍珠玛瑙在这里交汇碰撞，迸发出更多先觉觉后觉的光彩，指引大家经常吸收名家读书经验，并探索更管用的读书智慧和艺术。

冯友兰说他的经验总结起来有四点：精其选、解其言、知其意、明其理。姚雪垠提倡广博与专精，从广博到专精，再从专精带动广博。秦牧觉得，泛读应该和精读结合起来，对很深的、应该记牢的东西，必须精读、慢慢咀嚼，反复品味，有点像牛的反刍；对于只值得随便浏览的东西，可以泛读，有点像鲸的吞食，张开大口，喝进大量海水，然后嘴巴一闭，留下小鱼小虾，而让海水汩汩从鲸须缝里流掉。这些名家都学富五车，是名副其实的大先生，他们所积累的读书经验难以估价，所创造的精神财富无比宝贵，学习消化吸收了，就一定能少走弯路，在阅读中享受乐趣、感悟人生、获得成长。

我的读书经验

陈　垣

　　有人问我当时读书是用什么办法，其实也没有什么别的办法，法子是很笨的。我当时就是"苦读"，也就是我们现在所说的刻苦钻研，专心致志，逐渐养成了刻苦读书的习惯。科举废后，不受八股文约束，倒可以一面教书，一面读书。当时读书，就是想研究史学。中间有几年还学过西医，办过报纸，但读书和教书从未间断，因此《四库全书总目提要》读过好几遍。可惜《四库提要》所著录的书，许多在广州找不到。辛亥革命后重入北京，当时热河文津阁《四库全书》移贮京师图书馆，因此可以补读从前在广州未见的书。如是者十年，渐渐有所著述。

　　我读书是自己摸索出来的，没有得到老师的指导。有两点经验，对研究和教书或者有些帮助：从目录学入手，可以知道各书的大概情况。这就是涉猎，其中有大批的书可以"不求甚解"；要专门读通一些书，这就是专精，也就是深入细致，"要求甚解"。经部如论、孟，史部如史、汉，子部如庄、荀，集部如韩、柳，清代史学家书如《日知录》《十驾斋养新录》等，必须有几部是自己全部过目常翻常阅的书。一部《论语》才13700字，一部《孟子》才35400字，都不够一张报纸字多，可见我们专门读通一些书也并不难。这就是有博、有约、有涉猎、有专精，在广泛的历史知识的基础上，又对某些书下一些功夫，才能作进一步的研究。

不管学什么专业，不博就不能全面，对这个专业阅读的范围不广，就很像以管窥天，往往会造成孤陋寡闻，得出片面偏狭的结论。只有得到了宽广的专业知识，才能融会贯通，举一反三，全面解决问题。不专则样样不深，不能得到学问的精华，就很难攀登到这门科学的顶峰，更不要说超过前人了。博和专是辩证的统一，是相辅相成的，二者要很好地结合，在广博的基础上才能求得专精，在专精的钻研中又能扩大自己的知识面。

同学们毕业之后，当然首先要把书教好，这是你们主要的任务。另外，在自修的时候，可以翻阅一下过去的目录书，如《书目答问》《四库总目》等。这些书都是前人所作，不尽合于现在使用，但如果要对中国历史作进一步的研究，看一看也还是有好处的。懂得目录学，则对中国历史书籍，大体上能心中有数。目录学就是历史书籍的介绍，它使我们大概知道有什么书，也就是使我们知道究竟都有什么文化遗产，看看祖遗的历史著述仓库里有什么存货，要调查研究一下。如果连遗产都有什么全不知道，怎能批判？怎能继承呢？萧何入关，先收秦国典籍，为的是可以了解其关梁厄塞、户口钱粮等。我们做学问也应如此，也要先知道这门学问的概况。目录学就好像一个账本，打开账本，前人留给我们的历史著作概况，可以了然，古人都有什么研究成果，要先摸摸底，到深入钻研时才能有门径，找自己所需要的资料，也就可以较容易地找到了。经常翻翻目录书，一来在历史书籍的领域中，可以扩大视野；二来因为书目熟，用起来得心应手，非常方便，并可以较充分地掌握前人研究成果，对自己的教学和研究工作都会有帮助。

要想获得丰富的知识，必须经过自己钻研和努力，没有现成的。只要踏踏实实地念书，就会有成绩。不要以为学问高不可攀，望而生畏，但也不能有不劳而获的侥幸思想。不管别人介绍多少念书经验，指出多少门径，但别人总不能替你念，别人念了你还不会；别人介绍了好的经验，你自己不钻研、不下功夫，还是得不到什么，而且别人的经验也不见得就适用于自己；过去的经验，也不一定就适用于今天，只能作为参考，主要还是靠自己的刻苦努力。读书的时候，要做到脑勤、手勤、笔勤、多想、多翻、多写，遇见有心得或查找到什么资料时，就写下来，多动笔可以免得忘记，时间长了，就可以积累不少东西，有时把平日零碎心得和感想联系起来，就逐渐形成对某一问题的较系统的看法。收集的资料，到用的时候，就可以左右逢源，非常方便。学习是不能间断的，更是不能停止的，要注意学习政治，学习马列著作、毛主席著作，并要经常学习党的政策。要趁着年轻力强的时候，刻苦钻研，努力读书，机不可失，时不待人。

（选自《教育》，2017 年第 2 期）

余对于读书之经验

马寅初

　　余对于读书兴趣向极浓厚，因兴趣浓厚，故常讲求方法，可分八点述之：

　　（1）作息有时——余于读书与运动二者，每日均有定时，并非终日埋头书案，废寝忘食，专致于读书。亦非终日运动，不顾一切。盖读书过勤，不但无益，且足损害身体，故每于适可之程度而止。留存相当时间，以从事运动，庶于身心双方，俱能得健全之发展。

　　（2）跑山与冷水浴——余之运动有二项，最为重要：即跑山与冷水浴（即严寒时亦用冷水），是数十年如一日，每于清晨即起跑山，活动血脉，吸收新鲜空气，回后读书，精神加倍，晚间睡觉以前，必洗冷水浴，故虽读书至深夜，亦能鼾然睡去，无神经衰弱之弊，大有助于读书之成绩也。

　　（3）摘取精华——每读一书，必取其精华，不肯放弃，如觉此书有伟大价值，非终篇不肯释手，力不虚糜，颇足自慰。

　　（4）随时留意——与他人谈话，随时留意，如在立法院会议时，对各委员之谈话，均有亲手详细笔记，与实业界人士谈话亦然，盖皆专家经验之谈，颇足补予能力之所未及者。

　　· 跟着名家好读书 ·

（5）不堆积——今日之事必须今日为之，不俟至明日，其须多日方可成事者，亦必使此事做成后，方做他事，按部就班，不求躐进。

（6）利用机会——余因常往来于京沪杭三处，每年时间耗于车上者不少，颇觉可惜，因得养成在火车上亦能读书之习惯，故事务忙时尚能不至与书本绝缘，故在车上最不喜欢与他人谈话。

（7）立志——以上各点，虽皆不失为余读书之好方法，然根本要点，尚在立志，盖读书者当以读书为目的，不当以读书为求显达之手段。

（8）继续努力——志苟立矣，若无毅力以持之，则立于今日者可弃于明日，立于今年者可弃于明年，虽立与不立等耳。余自回国以来，已二十一年矣，未曾放弃书包，自信未尝无相当毅力。准是以观，纵使因特殊关系，立法委员可以牺牲，大学教授绝不愿牺牲也。

（《求知导刊》，2018 年第 7 期）

我的读书经验

冯友兰

　　我今年87岁了，从7岁上学起就读书，一直读了80年，其间基本上没有间断，不能说对于读书没有一点经验。我所读的书，大概都是文、史、哲方面的，特别是哲。我的经验总结起来有四点：一精其选，二解其言，三知其意，四明其理。

　　先说第一点。古今中外，积累起来的书真是多极了，真是浩如烟海，但是，书虽多，有永久价值的还是少数。可以把书分为三类，第一类是要精读的，第二类是可以泛读的，第三类是仅供翻阅的。所谓精读，是说要认真地读，扎扎实实地一个字一个字地读。所谓泛读，是说可以粗枝大叶地读，只要知道它大概说的是什么就行了。所谓翻阅，是说不要一个字一个字地读，不要一句话一句话地读，也不要一页一页地读。就像看报纸一样，随手一翻，看看大字标题，觉得有兴趣的地方就大略看看，没有兴趣的地方就随手翻过。听说在中国初有报纸的时候，有些人捧着报纸，就像念五经四书一样，一字一字地高声朗诵。照这个办法，一天的报纸，念一天也念不完。大多数的书，其实就像报纸上的新闻一样，有些可能轰动一时，但是昙花一现，不久就过去了。所以，书虽多，真正值得精读的并不多。下面所说的就指值得精读的书而言。

怎知道哪些书是值得精读的呢？对于这个问题不必发愁。自古以来，已经有一位最公正的评选家，有许多推荐者向它推荐好书。这个选家就是时间，这些推荐者就是群众。历来的群众，把他们认为有价值的书，推荐给时间。时间照着他们的推荐，对于那些没有永久价值的书都刷下去了，把那些有永久价值的书流传下来。从古以来流传下来的书，都是经过历来群众的推荐，经过时间的选择，流传了下来。我们看见古代流传下来的书，大部分都是有价值的，我们心里觉得奇怪，怎么古人写的东西都是有价值的。其实这没有什么奇怪，他们所作的东西，也有许多没有价值的，不过这些没有价值的东西，没有为历代群众所推荐，在时间的考验上，落了选，被刷下去了。现在我们所称谓"经典著作"或"古典著作"的书都是经过时间考验，流传下来的。这一类的书都是应该精读的书。当然随着时间的推移和历史的发展，这些书之中还要有些被刷下去。不过直到现在为止，它们都是榜上有名的，我们只能看现在的榜。

我们心里先有了这个数，就可随着自己的专业选定一些须要精读的书。这就是要一本一本地读，所以在一段时间内只能读一本书，一本书读完了才能读第二本。在读的时候，先要解其言。这就是说，首先要懂得它的文字；它的文字就是它的语言。语言有中外之分，也有古今之别。就中国的汉语笼统地说，有现代汉语，有古代汉语，古代汉语统称为古文。详细地说，古文之中又有时代的不同，有先秦的古文，有两汉的古文，有魏晋的古文，有唐宋的古文。中国汉族的古书，都是用这些不同的古文写的。这些古文，都是用一般汉字写的，但是仅只认识汉字还不行。我们看不懂古人用古文写的书，古人也不会看懂我们现在的《人民日报》。这叫语言文字关。攻不破这道关，就看不见这道关里边是什么情况，不知道关里边是些什么东西，只好在关外指手画脚，那是不行的。我所说的解其言。就是要攻破这一道语言文字关。当然要攻这道关的时候，要先做许多准备，用许多工具，如字典和词典等工具书之类。这是当然的事，这里就不多谈了。

中国有句老话说是"书不尽言，言不尽意"，意思是说，一部书上所写的总要比写那部书的人的话少，他所说的话总比他的意思少。一部书上所写的总要简单一些，不能像他所要说的话那样啰嗦。这个缺点倒有办法可以克服。只要他不怕啰嗦就可以了。好在笔墨纸张都很便宜，文章写得啰嗦一点无非是多费一点笔墨纸张，那也不是了不起的事。可是言不尽意那种困难，就没有法子克服了。因为语言总离不了概念，概念对于具体事物来说，总不会完全合适，不过是一个大概轮廓而已。比如一个人说，他牙痛。牙是一个概念，痛是一个概念，牙痛又是一个概念。其实他不仅止于牙痛而已。那个痛，有一种特别的痛法，有一定的大小范围，有一定的深度。这都是很复杂的情况，不是仅仅牙痛两个字所能说清楚的，无论怎样啰嗦他也说不出来的，言不尽意的困难就在于此。所以在读书的时候，即使书中的字都认得了，话全懂了，还未必能知道作书的人的意思。从前人说，读书要注意字里行间，又说读诗要得其"弦外音，味外味"。这都是说要在文字以外体会它的精神实质。意是离不开语言文字的，但有些是语言文字所不能完全表达出来的。如果仅只局限于语言文字，死抓住语言文字不放，那就成为死读书了。死读书的人就是书呆子。语言文字是帮助了解书的意思的拐棍。既然知道了那个意思以后，最好扔了拐棍。这就是古人所说的"得意忘言"。在人与人的关系中，过河拆桥是不道德的事。但是，在读书中，就是要过河拆桥。

上面所说的"书不尽言""言不尽意"之下，还可再加一句"意不尽理"。理是客观的道理；意是著书的人的主观的认识和判断，也就是客观的道理在他的主观上的反映。理和意既然有主观客观之分，意和理就不能完全相合。人总是人，不是全知全能。他的主观上的反映、体会和判断，和客观的道理总要有一定的差距，有或大或小的错误。所以读书仅至得其意还不行，还要明其理，才不至于为前人的意所误。如果明其理了，我就有我自己的意。我的意当然也是主观的。也可能不完全合乎客观的理。但我可以把我的意和前人的意互相比较，互相补充，互相纠正。这就可能有一个比较正确的意。这个意是我的，我就可以用它处理事务，解决问题。好像我用我自己的腿走路，只要我心里一想走，腿就自然而然地走了。读书到这个程度就算是能活学活用，把书读活了。会读书的人能把死书读活；不会读书的人能把活书读死。把死书读活，就能把书为我所用，把活书读死，就是把我为书所用。能够用书而不为书所用，读书就算读到家了。

从前有人说过："六经注我，我注六经。"自己明白了那些客观的道理，自己有了意，把前人的意作为参考，这就是"六经注我"。不明白那些客观的道理，甚而至于没有得古人所有的意，而只在语言文字上推敲，那就是"我注六经"。只有达到"六经注我"的程度，才能真正地"我注六经"。

（选自《求知导刊》，2014年第6期）

·跟着名家好读书·

读书体会

金景芳

　　我出生一个贫苦的家庭。读书仅至初级师范学校本科毕业而止，无力升入高等学校深造，更谈不到到外国去留学。因此，以后读书，不能不依靠自学。当然，自学是不得已而为之。不过，一切事物都有两重性，我看自学也有好处。第一，它有主动性，不假督促就能长期勤奋；第二能独立思考，读书常能发人之所未发。最后是能坚持真理——对古今的一些大人物或权威人士，都无所畏惧。我的读书，大部分时间只是盲目摸索，谈不到有什么经验，只能说有些体会。

　　——书不可不读。因为人的生命有限，而人类社会的历史极长。前人的经验、教训丰富得很，其中有很多东西可以为我们利用或借鉴。不过，即以中国而论，历史有五千年，积累的图书太多了，一个人以有限的生年，怎能遍读这样多的书？因此就必须有选择。而且书有真伪，有好坏。例如一些海盗、海淫、迷信、怪诞的书，就不宜读。选择的办法，最好是向名师请教。大体上说，应考虑主客观条件。从主观上说，第一，要考虑性之所近，如果你爱好文学书就可由文学开始，逐渐由浅入深，由今到古，由文学兼及史学、哲学诸书。

——要考虑所从事的专业。例如，邻近专业的书，也应读，但仍应以自己的专业书为主。从客观上说，一要考虑所处环境，不管是借阅也好，购买也好，你所处的环境，都非常重要；二要考虑时代需要，因为人是离不开社会的，一个人的一生，总应对社会有所贡献。我是搞社会科学的。从社会科学的角度来看，我认为，不管从事什么专业，文史哲三者，都需要有一定的基础。因为，文是表达思想的，你有思想表达不出来，或表达得不好，甚至发生不应有的错误，这不能说不是莫大的缺憾。史是前人的事迹，里边有成功和失败的经验和教训，对于今人来说，有的可以学习，有的可以借鉴，是一项宝贵的财富，不可不知。哲是讲思想的。我们做一切事情，不但要知其当然，还要知其所以然。古人说："人莫不饮食也，鲜能知味也。"人饮食不知味，他不是味觉有毛病，就是粗心大意，总不能算好。古代读书人有的被人称为"书橱"，有的被人称为"书簏"。这样，纵令读万卷书，又有什么用呢？因此，我认为不管学哪一种专业，文史哲三者都要有一定的基础。其实，不光我这样说，古人也多这样看。例如，《孟子·离娄下》说："晋之乘，楚之梼杌。鲁之春秋，一也。其事则齐桓、晋文，其文则史。孔子曰，'其义则丘窃取之矣。'"这里所说的事就是史，所说的义就是哲，证明《春秋》是史，但哲文也不可缺少。又刘知几《史通》提出"才、学、识"三长。清代桐城派古文家主张义理、辞章、考据，实际也是说文史哲三者是作好古文的必要条件。我作为中国古代史专业、先秦史方面的博士生导师，招收新生不专收历史学毕业的。如哲学、文学毕业成绩优异者，我也录取。在考题当中，我也总是出一道作文题。我以为不会作文章，肯定学不好先秦史，做不好科学研究。

——读书须学思结合。孔子说过"学而不思则罔，思而不学则殆"（《论语·为政》），又说过"吾尝终日不食，终夜不寝，以思，无益，不如学也"（《论语·卫灵公》）。证明光学不思，光思不学，都不行。因为书虽然内容丰富，多种多样，但有好有坏，有的有用，有的无用，特别是其中的理论，往往深奥难懂。如果只是滑口读过，不深思其故，读完以后，还是啥也不懂，等于白白浪费时间，一点益处没有。当然，不读光思，也是无所得的。

——读书要博古通今。因为古今是一对矛盾，二者之间既有区别，又有联系。没有古哪里来的今？没有今当然古也不存在。我是历史科学工作者，深知古今同等重要，不可偏废。当然这不是说不需要分工，但分工只是量的多少问题，并不是看法上有厚此薄彼。过去中国在封建社会有一种崇古的倾向，这当然是错误的。但是，晚近以来，提出厚今薄古的口号，我看也不见得对。经过党的十一届三中全会拨乱反正，这样的事已经不存在了。但是，这样的流风遗俗，还在明里暗里继续发挥作用。我担任先秦史博士生导师，经常叮嘱研究生，要对中世纪、近现代史有所了解。特别是对新闻、杂志，例如《光明日报》《参考消息》《新华文摘》《历史研究》等必须及时阅读。尤其党的文件及党中央、国务院领导同志的重要讲话，必须认真阅读，对国际、国内的大事，不许一问三不知。毛泽东说"古为今用"，是对的。古人有诗作说"不薄今人爱古人"，也是正确的态度。

——读书力戒浅尝辄止，见异思迁。要有一种打破砂锅问到底的精神，锲而不舍，精益求精。如果从事某种专业，一定要打好功底。要打得深厚，打得踏实。这样，读书就要坐住冷板凳，不怕苦，不怕累。例如，读一种大部头书，一定要从头到尾，一字不遗地看完。有人看看序跋，看看目录，对本文略翻阅几处，便夸夸其谈，表示看了很多书。其实，适以自欺，别人是不会受欺的。我以为，读古书，例如读《十三经注疏》，序跋目录自应首先要看。但最重要、始终不要忘记的是白文。由于白文不懂才看注，注不懂才看疏。必须了解注疏是为白文服务的，断不应读了注疏而忘掉了白文。最好读完注疏，还要回到白文上来。只有这样，才对白文的理解有益，同时也能了解注疏的对错和好坏。读大部头书，第一遍，要通读，不遗一字。第二遍就要选择重点和难点来读。读书不仅以能了解本书意义为止，贵能发现问题，解决问题。不论读古人书或今人书，都不应为鹦鹉学语，人云亦云。而要能一提出新的见解，发前人之所发。

——读书要微观与宏观并重。一字一句，一章一节的意义要知道，全书、全篇的大意是什么？要知道。汉儒注重考据，往往只在训诂名物上下功夫，而忽视全书、全篇的大意；宋儒注重义理，往往好发议论，而对于一字一句的训诂名物很少注意，这都是一种偏颇。

——我由于家贫，无力升入高等学校深造，不能不依靠自学。我的自学是不得已而为之。但是，我觉得现在学校教育偏重课堂教授，也有缺点。我自1942年到大学任教，至今已五十余年，长达半个多世纪。见到有些教师手里拿着一部发黄的讲稿，到课堂上就念，念完就下课。下一次上课再念。我看

跟着名家好读书 ·

这种教学法，实不利于学生的进步成长。因为学生考入大学，对于本专业已有一定的基础，理应学生看懂的，老师就不要讲。老师讲的，应是学生自己看不懂的东西。最引起我反感的，是学生懂的东西，老师讲起来没完，学生不懂的东西，老师偏偏不讲。我认为课堂下的时间很多，应当好好利用。我指导研究生，初期给研究生定出精读的略读的图书目录，令研究生自己预备一个笔记本。每周读什么书，读多少书，有哪些问题，哪些心得，等等，都要在本上记下来。我定期进行检查、指导。后来由于我老了，八九十岁了，精力有限，这个办法不得不放松。但是，我觉得这个办法是好的，可行的。因为研究生借此可以看很多书，并且随时能解决很多疑难问题。

——现在学科门类多，一个人应做的事情也多，不可能如清人惠士奇那样，能背诵几经四史。因此，工具书就成为必要。现在各种字典、词典、辞源、辞海，以及索引、图表，等等，新出的很多。当然也有不少是粗制滥造的，但是经过选择，仍需要经常利用。

（选自《中国读书评论》，1995 年第 5 期）

读书的范围

张中行

    这个题目太泛，也要先说说范围。有人说，可以用韩信的办法，多多益善。我赞成这个办法，那是一切问题交给"比较"去解决，可惜有不少人做不到，所以要"选择"。而人之性也犹水之就下，因而有很不少的人就选择了败德荒废的所谓黄色的东西。这牵涉到好坏，范围还嫌大，所以要再缩小。正面说我的意见吧，全数是好的之中也要有所选择，具体说是：不当只是以兴趣为指针，总是读故事、小说之类；要不怕难，不怕入门时的干燥，也读讲道理的。

    理由来自读书的目的。目的不外是，学技能，吸收知识以明理，如果需要，还能把想说的写出来。我的经验，求明理，求言之成理，专靠读故事、小说不成，要（至少是短时期内）甘于扔开兴趣，敢于碰硬的。

    这不是容易的事，因为兴趣惯于留客，硬的读物惯于拒客。以我的见闻为证，现在还有不少人喜欢古典的，可是所读几乎都是诗选、词选之类，因为念着有兴趣；少数人扩大，也不过兼读《古文观止》《史记选》少数几种，而很少扩大到诸子，因为那比较难，或太难，引不起兴趣。读白话作品（包括外文的译本）也是这样，完全以兴趣为引导，于是就全身扑在文学作品上，其中主要是小说。当然，我不是说这些不该读，而是说，脑子里只是装这些就会有缺欠，甚至有不怎么可取的影响。只说说我想到的三种情况。

一种是不能明理，因而也就不能说理。理，抽象，难于说明；勉强说，是通晓自然和人事。这包括太多，大到"天地不仁"是怎么回事，小到"目挑心招"是怎么回事，千头万绪，难言也；可是想知其大概，就不得不明理。人单个总是渺小的，想明理，要借助于前人，所以要读讲理的书。这有很难的，如康德《纯粹理性批判》、爱因斯坦《相对论》之类，所以要不怕难。有不少人怕难，把精力都放在宝黛的卿卿我我上，而一离开卿卿我我，就显得所知太少。举个实例，一个专攻语文的女士，年逾不惑，一次同我谈起占卜，几句之后，她惊讶地问："难道您不信算卦？"我答了一句不客气的话，说："你应该抽时间，多念些科学、哲学方面的书。"

另一种是有些作家的作品，我说句狂妄的话，是描写语很多，奇巧情节不少，可是总感到内容深度不够，原因就是其中缺少理，人生的理。

还有一种是记者的记事之文，譬如一篇访问记，常常以"当当当"敲门开篇，显然是小说笔法之外，其他都不会。不会，是因为没读过。所以，就算是多管闲事吧，我奉劝总是手捧小说的诸君，还是换换口味，吃些不爱吃的吧。

我的经验，特效药是没有的；但也要服药，试试看。药的一种是杂读。药的另一种，或说改进的处方，是杂之中还要有所偏重。具体说是要多读些与分辨实虚、对错、是非、好坏之类有关的。这也可以分为间接、直接两类。庄子的高见，"吾生也有涯，而知也无涯"，理，不管怎么样想明，总难免有不能明的，或拿不准的。处理的办法是虚心，继续求明；求得之前，要采取孔老夫子的态度，"不知为不知"。这样的不知，也是理，我的经验，也是只有读书才能明的。到此，由话面看，是越说越缠夹；其实意思是颇为简明的，就是：读书可以明理，只是要附带一些条件，随便来来就未必成。

（选自《民主》，1991 年第 8 期）

我的粗浅经验

姚雪垠

广博与专精。读书必须要多，读书不多你怎么好做学问呢？做一个文学家、作家，同样需要多读书。但真正能做到这一点，并不容易。读书方面要广，不能太窄。有的作家在年轻的时候写几篇比较好的作品，但到老年不能提高一步，还不如年轻时候的作品有些光彩。原因很多，其中一个原因，竟是知识基础太差，青年时期那点生活的本钱用光了，以后就空了，需要逐步提高的时候，因为基础差也就提不高了。至于专门从事学术研究，那就更需要多读书，力求广博。只有你的底子打得宽，你将来才能够目光四射，触类旁通，许多问题到你的心中都变成整体的一部分，而不会把孤立的片面的问题当成整体。

不仅研究学问，就是辨别问题的是非，也需要以知识广博做基础。既然研究学问，你就是要做学者，既是要做学者，应该比仅仅有常识的人还要高得多才行。哪有学者读书很少的！所以要多读书，要广博。我们说某个人学问渊博，就是指他的知识既广博，也有深度。"渊"，是指他的深；"博"，是指他的宽。光读书多，还不够，样样书都是一知半解，似懂非懂，这样读书多，用处却不大。纵然不能够每读一本书都能理解，但是一个研究学问的人，应该在某些带有关键性的书籍上下真功夫，做到真懂，作为看家本领，然后发展开掘。这样，渊博就有了基础。

光读书渊博还不行，还要集中一点或几点，确实认真地去研究。倘若你是一个杂货摊子，你脑子里什么货都有些，那也不能作出重要贡献。你必须确实在某些方面有深入的研究，在这里开花结果，你才能够对国家、对人民的科学文化作出真实的成绩。这深入一两个方面的研究和广博的知识，是辩证统一的。有广博的知识作基础，才能够进行一两个方面的深入研究。反过来，有一两个方面的深入研究，带动你知识更广博，涉猎的面更多。这叫作从广博到专精，再从专精带动广博。一个人在治学的道路上，就是这样反反复复，向前发展，这是"博"和"约"的辩证关系。

学习必须善于思考，光读书不善于思考是不行的。光读书不思考，就会变成书的奴隶；光思考不读书，你也是架空了知识，得不到真的认识。既要善于读书，也要善于思考，明辨是非，知所适从。《礼记·中庸》说："博学之，审问之，慎思之，明辨之，笃行之。"这几句话到今天对我们仍有参考价值。还有一点，必须善于独立思考，不要轻易迷信别人。别人的著作和说的话对不对，要用科学方法给予鉴定。倘若他说得不对，纵然他名望高极了，许多人认为他是权威，也不要轻易相信。纵然他是小人物，但他的著作，他的意见确有可取之处，或者是确实符合真理，我们就应该尊重他的意见。

我读书，读外国的文学作品，读中国古典文学作品，都是为着创作，而不是为读书而读书。特别是对语言上的追求和锻炼，这是我终生努力的一项工作，到今天还不能说我完全过关了。桐城派古文家们所提倡的"义理""考据""辞章"三要素，被我换了新的内容，从而作为一个作家修养的统一体的三个方面，终生努力，不断加深，不断提高。

（选自《新华文摘》，1981 年第 4 期）

故宫读书记

张安治

　　法国启蒙思想家、哲学家、文学家伏尔泰曾说，"当我们第一遍读一本好书的时候，我们仿佛觉得找到了一个朋友。当我们再一次读这本好书的时候，仿佛又和老朋友重逢"。读书，使得我们非常简洁地与古今名士相向而坐，虔诚与他们沟通交流，静心聆听他们娓娓而道的哲理箴言，掩卷之后，耐心地从中品尝出书香的味道。这是多么惬意的美事啊！所以就有了"书籍能引导我们进入高尚的社会，并结识各个时代的最伟大人物"之感慨！

　　说起书香，这也是有历史来头了。据"南蛮王五次遭擒"记载，诸葛亮率兵南征孟获，四擒四纵之后，又驱兵向秃龙洞进发，第五次与孟获交战。当时，为防瘴气之害，诸葛亮向孟节求"芸薤香叶"，孟节令军士"各人口含一叶，自然瘴气不侵"。这里"芸薤香叶"其实就是"芸香草"。这种草有一种清香之气，书中置放芸香草后，只要打开书本，就会清香扑鼻，所以就有了"书香"一语。因芸香与书结缘，与芸香有关的其他东西，也就成了与书卷相关的称呼，如古代的校书郎，就有个很好听的名称："芸香吏"。我们熟知的唐代大诗人白居易就

　　•跟着名家好读书•

曾做过这个官。品读书香，我们可以跨越时空，纵横古今，遨游中外，神游未来；也可以饱览天下的美景，探索自然的奥秘，感受科学的神奇。

品读书香，可以让我们走近智者，感受他们的非凡智慧，领悟他们精辟的见解；也可以心受启迪，眼增见识，享用无穷的快乐，丰富我们的知识。

品读书香，最能品出书香味的，该如王国维一样的大师了。国学大师王国维凭借自己酷爱读书的优势，乐读书、善思索、勤总结，最后凝练出人生读书三境界："古今之成大事业、大学问者，必经过三种之境界：'昨夜西风凋碧树。独上高楼，望尽天涯路。'此第一境也。'衣带渐宽终不悔，为伊消得人憔悴。'此第二境也。'众里寻他千百度，蓦然回首，那人却在，灯火阑珊处。'此第三境也。"他不仅把佛教用语之"境界"用在了读书鉴词的感悟中，而且把晏殊、欧阳修、辛弃疾这三位先哲自然地聚合在一起，用他们的词句极其准确地描述出美丽而博大的人生意境。想想，他这是需要通读多少图书典籍，闻过多少书香，思索多长时间，才能如此娴熟地道出人生读书"境界"的真谛？

"独上高楼，望尽天涯路"——多看，要博览；之后进入变通运用，博览后的思考，显现出"衣带渐宽终不悔，为伊消得人憔悴"的困惑、执着；最终要达到的深入浅出，知行合一，"随心所欲不逾矩""道法自然"的返璞归真。读他人书，品其中味，开自家悟，发未来势。这样的境界，应该就是品读书香味道的意义了！

（选自《紫禁城》，1981 年第 10 期）

读书的奥秘

杨　沫

　　我 10 岁左右，读小学三年级。那时我不知怎么迷上了武侠小说，什么《小五义》《小八义》《七侠五义》《江湖奇侠传》等类小说，把我读得如醉如痴，这才有讨饭天涯去峨眉的打算。虽未成行，可是此后，我便半夜爬起来到院子中坐在蒲团上，面向西天悄悄打坐，口练吐纳；白天放学后，往返疾行 20 多里到武术社拜师学武术……我不曾学成武艺打抱人间不平事。可是，那段读书经历却给我的一生铺垫下最早的粗糙基石。

　　上了中学，我的读书兴趣转了向。我不再读武侠类书，迷上了古今中外的文学作品，尤其是抒情小说。中国作品我除了读过，不止一次地读过《红楼梦》《西厢记》和《三国》《水浒》外，也开始读郭沫若的《落叶》《女神》，冰心的《寄小读者》，郁达夫的多种小说，还有女作家黄庐隐的《海滨故人》《象牙戒指》和冯沅君的《隔绝》。再后来读鲁迅、丁玲、蒋光慈、胡也频、柔石等作家的作品。外国作家的东西读得更多，屠格涅夫、雨果、托尔斯泰、陀思妥耶夫斯基和日本芥川龙之介等几位作家的作品我最喜欢。我幼稚天真的心像照相机的底片，书中阴郁的或色彩斑斓的世界，全在我心的底片上印出悲

・跟着名家好读书・

哀、惆怅或欢乐、绚丽。然而，那些作家、那些作品堆集在我心上的欢乐、绚丽太少，而传递给我的悲哀、惆怅以及人世的污浊却很多。一个十五六岁的孩子真承受不了。加上幼年生活的坎坷，缺乏父母的爱，那时我竟变成一个悲观厌世者。我寡言少语，没有心思读功课，却向往死。要到一个风景迷人的地方去"美丽"地死。好个浪漫的雏儿！

但各式各样的作品，也非完全使我受害，受益是主要的。民主、自由、独立人格、婚姻自主、真挚纯洁的爱情，种种纯粹属于精神世界的东西，潜入我的躯体，渗透我的灵魂。"三一八"惨案发生了。看见报上登着女师大学生杨德群、刘和珍烈士的遗容，我含泪喃喃："怎么不叫我替她们去死呢？"1931年家庭破产，母亲逼我成婚，十七岁的我毅然逃跑，这是受冯沅君《隔绝》的影响。没有爱情的婚姻，"不自由，毋宁死"。

总之，中国"五四"时代的思想、作风，通过阅读中外作品，在我头脑中，形成了一条彩带，这彩带使青少年时代的我朦胧地追求着什么，向往着什么。那些充满人类精灵之美或反映社会丑恶的种种书籍，开阔了我的眼界、思路，也朦胧地认识了人生。《悲惨世界》和《罪与罚》中不幸的儿童和不幸少女的惨痛遭遇，激起我对社会和家庭的憎恨，小说中善良的好人，高尚的行动，荡漾起我对真、善、美的向往。《红楼梦》里宝黛爱情的悲剧，从小埋下了我对纯洁、真挚爱情的景慕，虽然我那时模模糊糊还不懂什么是爱情。十六七岁前我读书从没有计划，碰到什么读什么，除了中外小说、唐诗、宋词、元曲以及徐志摩、卞之琳、普希金、拜伦、雪莱多位诗人的新诗，信手拈来，懂不懂全读。少年时代有两三年，我迷诗，也学着写诗，可惜一生一句好诗也未写出。

1933年春节，一个偶然机会，我的读书兴趣又变了。其变化之大如翻江倒海，把我从一个多愁善感、悲天悯人的柔弱女孩，引向英姿勃勃、豪情满怀、不爱红装爱武装的青年……

1933年初，我到妹妹白杨住的公寓里和她一起过春节。那时她和东北籍电影演员刘莉影住在一起，彼时正值"九一八"事变，东北三省沦亡，一些不甘心当亡国奴的东北青年纷纷逃入关内。大年夜，刘莉影和妹妹房间里来了八九个多为东北的进步青年，我和他们一起过了一个极不寻常的年——烛光摇摇，他们带着我唱《打回老家去》《松花江上》。漫漫长夜中，给我讲蒋介石"攘外必先安内"的政策，如何把东北三省拱手让给了日本帝国主义。他们还热情地介绍我读进步书籍。接着两三天内他们中的"先驱者"很快给我送了书来。从此，我一头钻进马列主义的书籍里：《怎样研究新兴社会科学》《大众哲学》《辩证法唯物论》《国家与革命》《反杜林论》《马克思传》，甚至《哲学与贫困》这些似懂不懂的神秘的理论，一下子又把我迷住了。我躺在严寒的小屋里，瑟缩着，双手捧书，开始十句懂两三句，读得很困难。但读着读着，在眼花缭乱中，我渐渐发现了新的世界、新的未来，透过阴霾看见了灿灿的阳光。腐朽的社会，冷漠的家庭，连同某些书籍印在我心上的悲惨阴影渐渐消除，忧郁变成欢乐，绝望变成希望！啊，美好——未来人类美好的生活，向我招手，向我呼唤！从此我变成了一个笃信共产主义的青年。中国共产党在我胸中矗立起高大的形象。可是北平当时正处在严重的白色恐怖中，那些给我书读，领我

· 跟着名家好读书 ·

走上光明征途的朋友，有的被捕，有的不知踪迹，我像个孤儿，苦苦寻觅着党——我亲爱的母亲。找不到，我失魂落魄。有一阵子我常常独自踯躅在北平街头，偶尔从身边走过一个面容严肃、服装朴素的年轻人，我便呆望着他，心中喃喃自语：

"他——也许是个共产党员吧？他要是，要能介绍我入党该多好……"找不到党，我只能从革命书籍中去寻找安慰与鼓励。从1933年末到1936年底的四年中，除了读理论，又如饥似渴地读起苏联的革命小说。高尔基的作品读得最多，他的《母亲》和《我的大学》等给我影响尤深。《被开垦的处女地》《毁灭》《铁流》《士敏土》等全以它们澎湃的激情，鼓舞了我。这些理论与文艺书终于使我在1936年入了党，1937年参加了华北敌后的游击战争。抗日战争和解放战争的十二年间，因为战乱，成天打游击，我与书几乎隔绝，能读到的只有纸张粗糙的小册子，或偶尔在老乡家里发现的几本古旧小说。但这时我似乎变成一只吃罢桑叶正在吐丝的蚕——书像桑叶，孕育了透明的丝。一旦祖国需要，我便抛下正在吃奶的小女儿，奔赴疆场。"春蚕到死丝方尽"，在残酷的战争中，出生入死，我丝虽尽，人却侥幸未死；生活虽苦，精神却极快活。庆幸看到许多可歌可泣、感人肺腑的事。战争使我没有书可读，实际生活却给予我许多书里从不曾有的知识；给我激荡心怀的画面；给我视死如归的感染……我有多少可敬可爱的战友，头一天我们还在一起谈工作、说说笑笑，不过一两天后，就听到他们牺牲了的消息；还有许多素不相识的老乡，多少次我被敌人包围，他们或藏我于地道，或认我为女儿、儿媳，搭救了我。

这些沉痛的悲伤、刻骨铭心的感念，从书本中是难以体验、难以感受的。读书与切身经历孰轻孰重？我分辨不清，但仔细咀嚼、品味，我以为实践更重要些。读书是认路，实践是走路，路认错了，一生满盘皆空。你认得路，认得是一条光明的路，但你不去走，那不等于不认得？"千里之行，始于足下"，走下去寻觅光明之路，人才有前途，才会看到书中不曾有的光辉。我读书认得了路，而且坦然走去，战争的血与火的锻炼，把我铸造成为一个有用的人。革命的战斗生活使我拿起了笔，走上了文学之路。当初若不是朋友们的指导，我哪会有今天！

新中国成立后，我才读到《钢铁是怎样炼成的》《卓娅和舒拉的故事》《日日夜夜》《马特罗索夫》等作品，其中《钢铁是怎样炼成的》，对我的后半生影响最大。1951年我开始写长篇小说《青春之歌》，但疾病缠绕，握笔艰难，常想搁笔不写了。这时，保尔·柯察金的形象，鲜明地矗立在我的眼前，他人瘫痪，眼失明，但依然顽强地写作……向他学习，我也和疾病斗争起来，浑身剧疼不能坐，我就垫着一块小板躺在床上写。经过七八年的苦斗，《青春之歌》终于面世。这部作品使我成了作家。在以后漫长的写作生涯中，我仍然多病，仍然以心中的保尔为榜样，学习他顽强与疾病斗争的精神，才勉强把一部部作品写了出来。

我一生中陆续读过不少中外名著，以及近年出现的中青年作家的作品。少年、青年、中年、老年各个时期读书内容不同，但它们都程度不同地给我以影响，帮助我成长。仔细想来，其中影响最深的还是奥斯特洛夫斯基的自传体小说《钢铁是怎样炼成的》。作者高尚的品质、纯洁无私的心灵和不屈的顽强斗志，时时陶冶着我，鼓励着我！"生命只有一次……"奥斯特洛夫斯基铿锵的声音总在我耳边呼喊。"生命只有一次"！人们——尤其是青少年朋友们，不应当珍惜这只有一次的生命吗！？

古人云："近朱者赤，近墨者黑。"这是指接近什么人，学什么人而言。对读书我也有类似感觉，青少年时期更明显。书像块磁石，读哪种书，就吸引我做哪种人——少年时想当侠客，步入青年要求民主、自由，读了马列著作，一心要革命，为了写作，认真学保尔。读书和做人，一生都是紧密相连。我庆幸当年结识了进步朋友，读了进步书，才使我走上了理想的人生道路。我觉得自己很幸运。否则，我不知自己会变成一个什么样的人。

（选自《中国读书评论》，1995 年第 2 期）

漫谈自学经验

胡 绳

　　一些青年朋友要我谈谈自学、读书和写作的经验。我说不出什么系统的东西，只好来一次漫谈。既然是讲经验，不能不说到我的学习经历。我在 1925 年，八岁半时开始上小学。由于在上学以前，曾读过师范学校的父亲已经教会了我和比我长一岁的姐姐识字，并且教我们读了唐诗的一些绝句和《论语》，也教了一点新的语文和算术课本，所以我一进小学就读五年级。初中，因为功课赶不上和生病，多读了一年。高中先后进了两个学校，读满了三年。中学毕业后，我考入北京大学哲学系。但在大学里，只学了一年就离开了。所以我先后共受了十年正规学校的教育，这以后就靠自学了。在大学的一年中，我不满足于学校里的几门课程，用很多时间在图书馆里看书。这时我已经学了一点马克思主义。我之所以自动离开大学，是因为感到那时大学里上的课没有什么意思。现在回顾起来，这种想法含有幼稚的成分。旧社会的大学哲学系，教师讲的自然是唯心论，其实学点这类课程还是有用的，可以从中获得一些基本知识。比如，在那一年我听了郑昕教授讲的《逻辑》，学到了些形式逻辑的基本知识。形式逻辑要求使用的概念必须前后一致，

· 跟着名家好读书 ·

进行推理必须有必要的严密性。形式逻辑的有些内容看起来好像烦琐，但对锻炼正确的思维能力还是有益处的。那时我也听了汤用彤教授讲的《哲学概论》，选修了张颐教授讲的《西洋哲学史》，这使我多少懂得了唯心论哲学的基本概念，对我后来进一步自学哲学有不少好处。总之，在从1925年到1935年的十年的正规学校教育中，我学了一些基本的文化知识，包括语文、史地以及自然科学的基本知识。在中学里的几位语文教员（那时叫国文教员）应该说是很优秀的教员，我现在还能记得在初中三年级时一位姓诸的教员充满感情地为孩子们讲《离骚》的情景。这段学校教育为我后来自学打下基础。正规的基本的文化知识教育确实是很重要的。所以，青年朋友们应该继续努力学习语文、历史、哲学、外语，等等，把基础打好。

1935年，我离开北大到上海后，一边学写文章，以维持生活，一边自己继续学习。当时我主要是自学哲学，从古希腊哲学学起，尽可能地把当时我能找到的各家著作的译本都读一下。在两年的时间里，陆陆续续地从古希腊哲学读到十七世纪培根、霍布斯的著作。抗日战争的爆发使我中断了这个比较系统的学习。我除自学哲学外，也看历史、经济学等方面的各种书籍。小说是从小就看的，看的第一本小说大概是什么《小五义》。十岁以前家里可看的书不多，《水浒》反复看了好几遍。到中学时可以从图书馆借书了，从读平江不肖生的《江湖奇侠传》、礼拜六派文人用文言翻译的《福尔摩斯侦探案》，逐渐地过渡到读新文学，先看冰心和郭沫若的作品，然后接触到鲁迅的著作，接触到十九世纪俄国和法国的小说。一本《欧洲文艺思潮概论》使我知道了文学原来有这么多流派。漆树芬著、郭沫若作序的《帝国主义侵略下之中国》也许是我第一本看到的理论书，这本书使我知道关于什么叫帝国主义还有种种不同的解释。

　　人们常说，专和博要结合，这话是对的。在比较集中地攻一门知识的同时，应该尽可能广泛地把各种门类各种品种的书都读一些。我对有些方面的书没有读过，没有能力读，至今引为憾事。有同志向中青年干部提出了一个要求，即需要阅读二亿字的书。有的同志估算了一下，认为一个人要用五十年的时间才能实现这个要求。这就是说，每年读四百万字，每天读一万多字。我倒认为年轻的同志应该努力在十五年到二十年的时间内完成这个任务，这是可以做到的。二亿字的书当然包括小说，包括可以使人增长见闻、丰富知识的人物传记、旅游记、记述历史史实的著作，等等，这些并不都是需要正襟危坐，逐句细读的。我认为，应该养成快读的能力和习惯。有许多书是可以快读的，快读的能力是可以训练出来的。比如看小说，一小时可以看四五万字。读马列著作当然不能像看小说那样快，但我认为平均一小时读两万字左右是能够做到的。即使是马恩全集里的文章，有的需要精读，但有的可以较快地浏览。在二亿字的书中，四分之一的书要精读，四分之三的书可以浏览。那么，每天抽出两小时来读书，在十五年到二十年的时间里完成这个任务是可能的。

　　1931年"九一八"事变后，我开始阅读马列主义的书。最早对我影响较大的是瞿秋白的《社会科学概论》、郭沫若的《中国古代社会研究》、华岗的《中国大革命史》。这最后一本书是被严禁的书，一个旧书店老板悄悄地从书堆中取出来卖给我的。

我也开始读当时已有译本的《反杜林论》《哲学的贫困》，等等，那时我才十四五岁，这些马列著作不能全读懂，只能有个模模糊糊的印象。不久，艾思奇的《大众哲学》在《读书生活》杂志发表了，这时我已上了大学。这本书是很受欢迎的。艾思奇比我大不了几岁，但是他的《大众哲学》给我的印象较深，它使我从那些艰深的译著中得到的模糊印象有了比较明确的概念。早期的译本往往很难懂，要一字一句去抠是很难办到的。所以，我读马列著作养成了一种习惯，观其大意，不去抠其中个别词句。这可能不是个好习惯。但不从总体上、基本精神上去了解，而死死地抓住一句两句话甚至几个字，好像到处是微言大义，恐怕也不是好办法。

1940 年、1941 年我住在重庆，认真地通读了郭大力、王亚南合译的《资本论》三卷，这比以前有过的几种不完全的译本是好读多了。我读《资本论》比较仔细，但当时也不能完全读懂。对马列主义著作，要反复学习。有好些书，不能只读一遍，需要多读几遍。但不是说读完一遍后很快又再读第二遍，而是说隔若干年后再来重新学习。在 1956 年左右，我把许多读过的马列主义著作重新读了一遍，收获就很不一样。正像有人所说，年轻人也可以欣赏一句格言，但他对格言的理解和一个年纪大一点有了一些经历的人的理解就大不相同。所以，马列主义的一些著作必须反复学习，要结合实际工作和研究工作的需要，有计划地反复阅读。

青年人的潜力是很大的。充分发挥这些潜力，无论在学习上还是工作上都可以取得很大的成效。你们应该趁年轻的时候充分发挥自己的潜力。"少壮不努力，老大徒伤悲。"这是一句老话。我们要为全面开创社会主义现代化建设的新局面而努力工作、努力学习，不要在可以做很多工作、读很多书、写很多东西的时候，把光阴错过。

（选自《文史知识》，1983 年第 1 期）

漫谈读书经验及其他

秦 牧

不论是从接受别人的经验，还是从自己的心得来说，我都深深地感到：学习，最重要的就是得有毅力。长期地保持毅力，比起一时"拼搏"来，效果要好得多。韩愈老头儿不是这样说过嘛："业精于勤荒于嬉，行成于思毁于随。"这话是很有道理的。

有了毅力，学习和工作的效果是非同寻常的。"绳锯木断，水滴石穿。"这种现象给了我们很大的启发。一个人只要每天阅读三万字，一年就是一千多万字了。一个司机只要每天驾驶汽车跑一百多公里，一年就可以环绕地球一周了。"小数怕长计。"什么事情的道理都是这样。

然而，毅力从何而来呢？一定要有所追求，有一个远大的目标，毅力才会像活泉似的，滚滚而来。自然，一个人要是光为了养家活口，为了一份职业，为了自己出人头地，在某个时期也可以有一定的奋斗精神，但是，"小目标"达到，他就会松懈下来。而具有"大目标"的人就不同了，他们希望能够对人民作出较大的贡献，希望成为对人民越来越有用的人，因此，学习的毅力就会源源不竭。我们在学习上也得向这样的人看齐才好。德国有一句谚语说："人类有一个暴君，它的名字叫作愚昧。"要摆脱愚昧的统治不是一件容易的事，非一生一世地努力不可。你一松懈，某种愚昧就会乘虚而入了。不少哲人学者对于好书作了许多美妙的譬喻，说它们像面包，像珍宝，像智慧的钥匙，像驶向无限广阔的生活海洋的船只，像全世界的营养品。这些话都讲得很精彩。有了这样的认识，求知的火焰就一定会熊熊燃烧。我自己就是在这种观念的鼓舞下，一点一滴，一步一步，学习到若干知识的。

少年和青年时代学到的东西，像是凿子刻进石头一样，记忆极牢；到了中年、老年，理解力增强，但是记忆力却衰退了，学习到的东西像是用竹枝划在沙土上，转眼字迹就变浅变淡了。所以，一个人要是能够在少年时代就立定终生辛勤学习的决心，必将终生受用不尽。我自己现在能够背诵的诗歌都是在青少年时代学来的。中年以后背诵的东西，往往很难记住。因此，我常常后悔少年、青年时代学习得不够好。但是，现在后悔，已经迟了。愿现在的青年人，长大后不会有我这样的后悔。

读书应该有选择。没有选择，"眉毛胡子一把抓"的学习，效果不会好。有些人读了一辈子书，却一辈子都是糊里糊涂的。为什么？因为他们完全是为了消遣而读，被"趣味主义"牵着鼻子走，"有趣"的书，虽然读得多，实际上并未能对客观实际，对社会、历史、自然加深了解。所以，选择好书阅读是很重要的。我觉得，可以在保证重点的前提下，再进行广泛的浏览。学习的目的就是为了提高对社会、历史和自然规律性的了解，同时，在这当中，发展自己的某种专门工作才能。学习没有不畏艰苦的精神是不行的。读书，有时固然也有一种平原驰马，顺水泛舟那样的洋洋乐趣，但有时也会像负重登山，逆水行船那样吃力，这时，不畏艰苦，顽强攀登的精神就是十分必需的了。

我还觉得，泛读应该和精读结合起来。对很深的、应该记牢的东西，必须精读；对于只值得随便浏览的东西，可以泛读。前者，有点像牛的反刍，应该慢慢咀嚼，反复品味。后者，有点像鲸的吞食，张开大口，喝进大量海水，然后嘴巴一闭，留下小鱼小虾，而让海水汩汩从鲸须缝里流掉。

读书是学习的一项内容，但不是唯一内容。社会、大自然，更是一本大书。在生活中，和人谈话中处处留心，同样可以学到许多东西。而且，直观知识和书本知识彼此印证，还可以相得益彰和增强记忆。

一个人对融会贯通的东西，能使它真正成为自己思想上的血肉，也比较容易记住。因此，光学习，不思考是不行的。一个缺乏胃液的胃袋难以消化食物，一个缺乏思考的脑袋，也难以消化四面八方涌进来的知识，使它升华为智慧。

我们还应该培养爱找书、买书的习惯。自己的书，可以随意写批语，打横杠，翻查起来挺方便。要使书为我所用，不要让它成为陈列品和装饰品。

（选自《语文天地》，1999 年第 20 期）

诊余话读书

谢海洲

诊余之时，议论起读书一事，颇有所感。祖国医学源流久远，医籍文献浩如烟海。怎样才能使有限之年，读有用之书，在烟海般医籍文献中，不致"如坠五里云雾之中"？看来，学习祖国医学也同样存在如何读书的问题。

一是明"目录"。读书首先要掌握一些目录学知识。目录学是为了适应图书的保管和研究的需要而产生的。目录学的作用就在于：一方面，使读者取书便利，使管理图书工作人员有头绪可寻；另一方面，可以使读者丰富文献资料知识，了解书籍发展源流，观察一个时代的学术文化发展概况。同时，也可以了解书籍的书名，成书年代、著者、性质、内容、版本、卷数、注家等多种情况。祖国医书估计约七千余种。要从这大量丰富的文化遗产中，掌握书籍的存佚情况，摸索出自己研究的专业有哪些书可读，只有从目录学着手，学会查目录书，才能收到事半功倍的效果。我国的目录学始于西汉末年刘向、刘歆的《七略》，这部书早已亡佚。流传下来最早的目录书是班固的《汉书艺文志》。关于医学方面的目录书主要有：《四库全书总目（提要）》，其中子部医学类涉及医学内容；《中医图书联合目录》北京图书馆，中医研究院合编;《中国医籍考》丹波元胤编。此外，还有《宋以前医籍考》冈西为人编;《医藏书目》殷仲春编;《四部总录医药编》丁福保、周云青编;《现存本草书录》龙伯坚编等，都可供参考。

二是精读"经典"。对于"经典"著作要精读，比如《黄帝内经》《伤寒论》《金匮要略》《温病条辨》《神农本草经》等。有了这些经典著作作为奠基书，再学习其他医书也就容易了。

以《黄帝内经》为例，其包括素问、灵枢两部分，各81篇。论述的主要内容有：阴阳五行，五运六气，人与自然、藏象、经络、病因、发病、病理辨证、疾病诊法、论治原则、针灸、药石、方剂、护理等。内经的价值不仅在于总结了先秦以前的医疗经验，而更在于它为祖国医学奠定了理论基础。之所以尊为"经"，理即在此。《黄帝内经》各篇都有其命题的中心思想。一篇又分若干段，若干节，均具重点旨意，得其旨意所在，才算有了心得。既要领会全貌，又要系统分类掌握。这样精读，无论对于科研，还是临床工作都有好处。历代名医之所以能在某些方面有所阐发，有所成就，无一不是研究《内经》的结果。另外，学习经典时，要看注家，注意择一二家，以其为主，旁及他家。初时，不要过于庞杂，以免产生无所适从之感。

三是读书方法。关于读书方法，首先，读书贵在勤、苦，要如痴如迷。"业精于勤，荒于嬉;行成于思，毁于惰。"《韩愈·进学解》可谓至理名言，以勤为径，才可能攀登巅顶;以苦为舟，才能到达彼岸。读书要培养情趣，若能成为"嗜好"最好。清代哲学家颜习斋在谈到他的学习时说："予阅书几万卷者，'好'之故也。"又说："余生无过人处，只好读书，忧愁非读书不释，忿怒非读书不解，精神非读书不振。"可谓读书如迷者也。唐代杜甫有"为人性僻耽佳句，语不惊人死不休"的诗句。白居易也有"人各有一癖，我癖在章句"，"酒狂又引诗魔发，日午悲吟到日西"的佳句。今人数学家陈景润为摘下"哥德巴赫猜想"这颗桂冠上的明珠，也是如痴如魔，废寝忘餐多少个寒暑。可见，不论任何学科，做学问必下一番苦功，只有达到如迷的程度，才能有所作为，专心致志是求学问的钥匙。"书痴者文必工，艺痴者艺必良。"学习祖国医学又何尝不应如此呢？

其次，要熟读背诵。"读书百遍，其义自见"，"熟读唐诗三百首，不会吟诗也会吟"。熟读是古人长期积累的学习经验，为历代医家所采用。对《内经》中重点章句，《伤寒论》《金匮要略》《温病条辨》的原文如能熟读背诵，临证时就会运用自如。对汤头歌诀、药性赋等如能背诵，则不至于临证时无方药可用。因此，背诵是积累知识的方法之一，有笔记所不能取代的功效。老一辈读书人所以能引经据典，如数家珍，脱口而出，就是因为在年轻时下过一番熟读背诵的苦功。背诵要在理解的基础上进行，二者不可偏废。如果有了熟读背诵的硬功夫，那么，临证时必有一旦豁然贯通之妙，这是一劳永逸的。

再次，要粗读、精读相结合。如前所说，对经典著作要精读。精读者，十目一行也。正如清代大学者阮元所说："一夫必十目一行，始是真读书也。"这样虽然慢一些，但非常扎实。另一方面，由于医书浩繁，而生命有限，粗读也是必要的。粗读者，一目十行也。快则快，但惜乎不深。读书时，必须有粗有精，把两者统一起来，方能做到使书为我所用。

最后，要泛览成趣，精思有得。祖国医学源远流长，学派众多，要尽力泛览各家名著及名医医案医话，吸取各种治疗经验，集众家之长。读书要善于独立思考，"学而不思则罔，思而不学则殆。"王充说："人之学问，犹骨象玉石，切磋琢磨也。"只有精思推敲，把书中有用的东西吸收消化，才能有收获。精思就要明确概念，掌握规律，综观全局，抓住主流，明辨异同，审疑问难。无心不能有得。精思和泛览互相补充。多读，能集思，也能广益。集思广益，方得精英。

此外，归纳、类编、提要、钩玄。学习祖国医学的医籍文献，做好读书笔记也很重要。要写出归纳、类编、提要、钩玄，才算有所心得。例如，徐灵胎将一部《伤寒论》中的方，归纳分类成十二类方。吴耀南读过《伤寒论》后，将证进行归类，分为证、脉、药、方、法、索引、提要、集锦，列表画图写成《澄园医类》。今人陈慎吾老中医将小柴胡汤等方进行类编、比较，丰富了中医的理论与实践。"记事者必提其要，纂言者必钩其玄"，读书采取这种提要钩玄的办法，有助于加深理解，增强记忆。

（选自《河南中医》，1981年第5期）

学海无涯话读书

何 任

我幼年时家里大厅上有一副黑底金字大对联，上联是"醴泉无源，芝草无根，人贵自立"，下联是"流水不腐，户枢不蠹，民生在勤"。从这副对联的内容里，使我自幼年起，就知道做人是靠自己的。就像甘泉、像灵芝那样靠自己，人靠自己努力读书、用功。做事要勤快，用脑用手也要像流动的活水，不停滞，应做的事要不断去做，像门户的枢轴不断开启、闭合。

传统的"悬梁刺股""囊萤夜读"等故事，都成了幼年的我自学苦读的精神榜样。不停地背诵书籍、吟咏诗词，使我逐渐有了较多累积的各种书籍的内容。

背诵吟咏是重要的记忆方法，一般背诵吟咏过的东西是很久很久不会忘记的。回顾一下我从幼年起到进小学、中学，直到抗战避难离开杭州止，我除了学校的功课以外，自己还主动找书读，各方面的书，特别是我国传统文化的各种书，累计所读课外书，其总体远比学校多年读的书要多得多。

先说说我家在杭州被日寇侵华战争所毁的老屋大书房的情况。像所谓的"书香人家"情况一样，所有的书架、书橱都是满满的。还有加着铜锁的大书箱，是祖辈的文字底稿，后辈不去触动。还有各种线装书，包括"经""史""子""集"大量成套满函的，一般也不去动它，只是父辈常翻的如《史记》《战国策》《资治通鉴》等放在书桌上的，也常去翻看，了解些历史故事。除了大量的这类书之外，就是大量的线装中医书以及全套的《皇汉医学丛书》、汤尔和翻译的西医书以及解剖学、生理学等，还有什么《贺氏疗学》等西医书。此外，还有家长为我们儿辈订购的商务印书馆新出的全套《万有文库》等几橱，还有家里常年订阅的《东方杂志》《旅行杂志》及儿童读物《小朋友》《少年》《儿童诗史》，等等。各类的诗词集，笔记小说，如什么《神驱鬼藏录》《两般秋雨庵随笔》《阅微草堂笔记》，还有《花月痕》《歧路灯》《官场现形记》《老残游记》《儒林外史》……光是《红楼梦》就有线装的、平装的多种，还有《续红楼梦》《红楼圆梦》等。《水浒》之外，还有续书。此外早年林琴南译的文言文欧美名著全套，日本的《源氏物语》《空谷幽兰》，以及当时新购进的《高老头》《查泰莱夫人的情人》《茶花女》《鲁宾逊漂流记》《福尔摩斯探案》《十五少年漂流记》，等等，可说是什么书都有。

我们青少年时，上学回来做好功课，或遇到星期日、寒暑假期，都喜欢进大书房里，先找好几本想看的书，拉一张藤椅坐下，拉下电灯（当时旧式房屋电灯都装在天花板上，由长电线磁葫芦连接，可以挂下、放回），一看就是半天。等别人来找，才去吃饭。当时这种看书，也是根据自己的喜爱。首先是诗词，从《千家诗》《唐诗三百首》《唐诗别裁》《清诗别裁》《晏殊词》《柳永词》《李后主词》等，这是我父亲从我幼年时就指点叫我背诵的。再是我寒暑假在他诊室侍诊时叫背的《药性赋》《汤头歌诀》，还有《麻疹集成》（是一本诗词体裁的麻痘书）、《医宗金鉴》（四言体裁），也都背诵一些。另外就是看小说、闲书、笔记，尽量地挑拣自己喜欢的图书，一本一本看。总之，钻书房，找书看，当时并不是"苦"事，而是我乐意的高兴事。就这样，看书也就成了我生活中不可缺少的大事，自然而然形成为一生的习惯，到老不变。青少年时如此，中年时医疗、教学、事务再忙，也不时地走入书店，不断购读新出的书或书架上陈列的我喜爱的书，长年累月就是这样，不可一日无书读。

到了老年，仍然如此。现在时代变了，新事物多了，有学不完的新东西，但并没有削弱我对读书的兴趣，我仍然不断购买新书看。书房里有书，卧室里有书，洗手间矮桌上也有书。像苏东坡先生在《赤壁赋》中所说："纵一苇之所如，凌万顷之茫然。"学海无涯，是说知识领域的无限广阔。学知识是没有量限的，发奋勤读，变苦为乐，持之以恒，自然而然，形成一生的习惯，到老不变，而无形中不断地充实了自己。

除了学习本专业知识、将专业知识学深学透以外，我还主张要学习其他有关学科的知识。比如我们中医专业人，至少必须学习中华传统文化的有关知识。"人生终有限，功业总无涯"，虽然专业的知识也学不完，但无论如何还要再学习专业以外的东西，这个愿望不能没有。下面谈谈本专业以外的其他专业学者的事例。

这几年，我读了北大的老人张中行、季羡林二位国学大师的著作，感受到他们不但精通本专业的国学，而且知识面十分广阔，通晓古今中外的无数知识。在张中行著的《负暄絮语》中，有季羡林为他写的《代序》，《代序》里说："……清华入学考试没有什么特异之处，北大则给我留下了难忘的印象……英文更加奇特，除了一般的作文和语法方面的试题以外，还另加一段汉译英，据说年年如此。那一年的汉文是：'别来春半，触目愁肠断。砌下落梅如雪乱，拂了一身还满。'译成英语。这也是一个很难啃的核桃。"这是1930年的北大英语入学考题。

我在20世纪30年代上海考大学时，也遇到类似的英语考题。那是一首唐诗，李白的《渌水曲》。诗曰："渌水明秋月，南湖采白蘋。荷花娇欲语，愁煞荡舟人。"译成英语。我为什么花这么些笔墨写这段文字？主要是想说明，从国学大师到北大出英语考题的诸位老师和上海某大学出英语考题的诸位老师，他们不仅熟谙自己本学科的知识，还博涉其他的学科领域。北大出英语考题的老师们，若是他们只通英语，哪里能出得出将南唐李后主的《清平乐·别来春半》的一阕词作为中译英的考题？若是上海某大学的英语老师只通英语，哪里出得出将唐诗、李白的《渌水曲》作为中译英的考题？这就说明人们除应学本专业的知识以外，也有学其他一定专业学术知识的必要。我们搞中医专业的人，也必须博涉其他知识领域，以充实自己。比如说我们应到中华传统文化的其他领域的广阔学海里去取得更多的知识，不只局限在我们的中医专业。当然，对中医专业更须钻研得深透。要做到这样，必须要吃些"苦"，还要"勤快"，这是做学问的人想成为有用人才的基本条件，否则就走不进学海中，更谈不上去遨游。

总而言之，要成为有用之才、有益于人类的人才，首先必须立下坚定的心志，在大环境有利的前提下，一切靠自己去努力，别老指望别人来提携。再是让苦读勤作渐渐从实践中变为乐事，持之以恒，形成生活中不可或缺的内容，达到"纵一苇之所如，凌万顷之茫然"的境界。

唐代卢照邻《长安古意》说："寂寂寥寥扬子居，年年岁岁一床书。"他是说扬雄曾闭门著《法言》《太玄》，是在学习了大量书籍后才写成的。卢照邻这位初唐四杰之一，也是认真读书的著名学者。东汉王充《论衡·实知篇》说："不学自知，不问自晓，古今行事，未之有也。"说明一定要学，要读书。魏晋时期徐干《中论·治学》说："学者，不患才之不赡，而患志之不立。"这是说：学者不必担心学识的不充裕、不丰富，而是应担心是否已确立学习的志向、学习的志向坚定不坚定。《吕氏春秋·孟夏记·劝学》说："不疾学而能为魁士、名人者，未之尝有也。"本文开头提到有媒体问，是否能培养出名人来，我认为这里的回答是：如果其人本身不想学，也不能抓紧好好学，也没有坚定学习的信心，不去广游学海，那么即使有再优越的外在条件，也培养不出社会需要的人才。

（选自《浙江医科大学学报》，2011 年 11 月第 35 卷第 6 期）

累寸不已 遂成丈匹

于　漪

我读书从未得到高人系统的指导，主要靠自己摸索。早年求学，不懂得读书的重要，无计划无目的，随便翻阅，未能及时认真读好应读的好书，以后吃亏不小。过后补，往往事倍功半，效果不佳，每想到此，总悔恨不已。《学记》上说"时过然后学，则勤苦而难成。"自身有此深刻教训，后来在语文教学工作中，我总力求学生在每一学习阶段切切实实学好每一阶段应该学好的东西，认真多读点书。

进大学后，一时面对知识汪洋大海，如行在山阴道上，风光无限，应接不暇，又觉得读书无从下手。走上工作岗位，深感学到的那点知识实在可怜，完全不够用，处处捉襟见肘，真所谓"学然后知不足，教然后知困。知不足，然后能自反也；知困，然后能自强也"。就在这种自反自强的心情下，我千方百计挤时间读书，力求做到"一丝而累，以至于寸；累寸不已，遂成丈匹"，用锲而不舍的精神走这条丰富自己智力生活的光荣的荆棘路。

怎样读书，读什么书，从来是个值得深入探讨的问题，也从来是仁者见仁，智者见智。

"五四"以来，社会上似乎有那么一股风，说到读书都把旧时一套完整的学习方法说成是迂腐。当时，时髦的学者多强调自己懂得读书做学问是从看《三国演义》《水浒》《西游记》《红楼梦》而来的。这种说法很普遍，似乎很新鲜，不少人信以为真。自己去试试，完全不是那么回事。后来进一步查考一下，其中不少学者"旧学"的根底着实很深。他们不肯亮出他们的一套读书方法，只是怕人家说他是时代的落伍者。

　　进入大学后，发现有的教授几乎是无书不读，每每一提到某本书某部书，都会信口悠悠，乃至滔滔不绝，实在令人佩服。听有的高年级学生介绍，某某老师曾熟读《四库提要》，懂得目录学，这就引起了我对这方面的关心。

　　中学、大学课外也曾读过不少所谓"闲书"，主要是中外小说。读的原因主要凭兴趣，主要凭能不能借到这些读物，谈不上打文化底子，更谈不上做学问。当时在我脑中外国作家形象最高大的是托尔斯泰，中国作家形象最高大的是鲁迅先生。我最爱读鲁迅的小说，觉得很朴实，乡土气息很浓，人性挖掘得很深，很感动人。据母校镇江中学一位老校友告诉我说，抗日战争前夕，有一位在镇江中学教高中二年级的国文老师，进清华大学中文系求学之前，曾请求鲁迅为他开列一张必读书单，鲁迅竟然应允了。这件事引起了我的兴趣。我想，鲁迅这样的大文人竟然为一名学生开书单，其中必有缘故。出于好奇，非把它弄明白不可。

　　我的母校江苏省立镇江中学的前身是江苏省立南京中学。那位老校友告诉我，"一二·九"运动发生时，南京中学学生积极响应，连日纷纷上街游行，到国民政府、行政院门前静

· 跟着名家好读书 ·

坐，到中山陵哭陵。南京宪兵司令部很头痛，下令学校提前放寒假，并勒令江苏省政府把学校迁离南京。学校在镇江境内的"黄山"兴建校舍，落成后恢复上课，学校改名为江苏省立镇江中学。

老校友说的那位国文老师是在抗战前一年清华大学中国文学系研究生班毕业的，名字叫许世瑛。身材矮胖，高度近视。他学问好，待人和气，学生很爱戴他。

许世瑛是著名学者许寿裳的长子，许寿裳是鲁迅最要好的朋友。据说，民国三年，许世瑛5岁，许寿裳买了一本《文字蒙求》，请鲁迅做许世瑛的开蒙先生。鲁迅只给许世瑛认识两个方块字，一个是"天"字，一个是"人"字，并在书的封面写下"许世瑛"名字。开蒙识"天""人"二字，意义非凡，这两个字把天道、人事包容无遗，显示了中国人的精神和智慧。后来，许世瑛考入清华大学中国文学系，许寿裳请教鲁迅中国文学初读者应该读些什么书，鲁迅开了一张书单，一共12种书。这12种书是:《唐诗纪事》（宋）计有功、《唐才子传》（元）辛文房、《全上占三代秦汉三国六朝文》严可均、《全汉三国晋南北朝诗》丁福保、《历代名人年谱》（清）吴荣光、《少室山房笔丛》（明）胡应麟、《四库全书简明目录》（清）永瑢等、《世说新语》（南朝宋）刘义庆、《唐摭言》（五代）王定保、《抱朴子外篇》（晋）葛洪、《论衡》（东汉）王充、《今世说》（清）王晫。

这是一张很有见地很精到的书目单，教你读书要知门径，全局在胸，轻重得体，领会人物的精神风貌。这张书目单让我领会到读书与做人一样要识大体，知先后，知人论世，知世论人。这 12 种书我并未一一读，常读的是《世说新语》，常翻的是《四库全书简明目录》。前者教我评价人物要风神俱全，后者教我读书要心中有个框架，不能茫然无绪。

近年来，一直参与语文教材的审查工作，从小学教材、初中教材到高中教材，编一本文质兼优、适宜性强的教材十分不易，编选者的甘苦颇能体会一二。由此我常联想到《千家诗》《唐诗三百首》《古文观止》等通俗读本。通俗读本往往有些"专家""学者"看不上眼，殊不知它们在普及文化、培养大众心灵方面起着极大的作用。《千家诗》在我幼年时带给我无与伦比的生命喜悦。在中国人心中谁能摧毁"床前明月光"的诗情？这种诗情流淌在血液之中。如果这话有点道理，不能不归功于《唐诗三百首》等类的通俗选本。

我学古诗文也是从读《唐诗三百首》《古文观止》等通俗选文开始的，它们把我带进了美好的诗文家园。后来进一步读了些各个朝代的诗文选本，并读了几种中国文学史把它们贯穿起来，这样，多少有点系统的文学知识。然而，总觉得自己的那点知识可怜得很，寒碜得很，总是浮在水面上，十分肤浅。我深深体会到必须专心致志地研读几部大作家的著作，随着他们的人生足迹走一遍，才能真正领会他们的心路历程，领会他们生命的光辉，使自己真正增长见识，增添智慧，提升思想认识，不断完善人格。为此，我前后通读了辛弃疾、杜甫和陶渊明的著作，深深进入他们的精神世界。

（选自《教育文汇》，2007 年第 12 期）

· 跟着名家好读书 ·

谈读书和研究

乌家培

　　书是知识之海洋。欲求知，靠读书。诗人杜甫云：破千卷书，行万里路。他强调实践的同时重视读书，要求多读书，读懂书。人在一生中，出于不同的需要，去读各种不同的书。幼年时期，为启蒙而学识字课本。老年时期，为延年益寿而看些保健读物。中青年时期，多样化的读书目的决定了所读的书种类繁多。人除了为增加和积累知识而博览群书外，有的为追求人类解放，广读革命书籍；有的为从事科研，攻读专业书籍；有的为修身养性，爱读文艺作品；有的为出国留洋，苦学外语，如此等等，不胜枚举。这里只就为学术研究而读书谈些体会。

　　我是一个经济研究工作者，所读的书，主要是经济著作和经济学文献。这方面的书也浩如烟海，一辈子都读不完。在信息爆炸的年代，知识呈指数增长，要读的书越来越多，要用有限的时间和精力，去读这么多的书，只能读其中的一部分，甚至是很小的一部分。所以在读书之前，首先遇到的是选书问题。选什么书来读，选好了，事半功倍；选不好，则事倍功半。

　　研究经济学，一定要读经典著作，我选读的经典著作，主要是马克思的《资本论》。这是一部科学巨著。我读过三遍，确切地说"啃"过三遍。第一遍是在大学毕业后走上研究工作岗位的时候。当时读书的时间较多，但读起来很吃力。每天规定必读的页数，强迫自己读，并作边注。第二遍是在研究再生产理论时读的，既全面读又重点读，把重点放在第二卷上。同时，运用所学原理写些学术文章。第三遍是在研究经济数学方法时读的，主要是为了掌握《资本论》中的数学方法以及了解马克思在经济研究中是如何对待和运用数学方法的。鉴于上述目的，我从《资本论》的续卷《剩余价值理论》（共三本）中得到了许多有益的启示。这为我后来写作《经济数学方法研究》一书奠定了必要的理论基础。

在读《资本论》过程中，我体会到读书要有明确的目的性，使书为己所用，而不被书牵着鼻子走。要读就读原著，少读或不读辅导性读物；持之以恒，不读完不罢休，以免功亏一篑。

由于我研究的专业是数量经济学和信息经济学，国内的文献几乎是一片空白，只能从国外找文献，不得不读"洋书"。"洋书"更难读，但又必须读。这就要求先掌握外文工具。我先后攻读三门外文：俄文、英文和日文。中青年学外文容易会，但必须在用中加以巩固。最早以前，我主要找苏联的专业文献。我选中了涅姆钦诺夫院士的遗著《经济数学方法和模型》，这本书是他从事经济数学方法研究的代表作。我读完了它，并且以我为主组织其他两位同志把它译成了中文，供商务印书馆出版。我读此书，没有生吞活剥照搬过来，而对书内的观点与资料、理论与方法加以区别，对一些概念、提法加以分析和评论，吸收其中好的思想，如经济控制论的思想，摒弃一些似是而非的术语，如计划计量学等。

改革开放以后，转向从美国寻找专业文献。应当承认，美国的学术气氛比较活跃。他们强调经济学要实用，在经济学文献中数量分析占据突出的重要地位。与此相适应，数学与计算机的应用以及实证研究起着巨大的作用。我根据专业研究工作的需要，选书先选人，并选中和结识了美国宾夕法尼亚大学经济系克莱因教授，他当时还不是诺贝尔经济学奖的得主，但在美国外的影响大于他在美国内的影响。我主要读过他的三本书。第一本是他的成名作《凯恩斯革命》，第二本是他的代表作《美国的一个经济计量模型——1929—1952》（与戈尔德伯格合著），第三本是《经济计量学教程》。我读的都是英文版原著，而非后来出的中译本。这几本书我读了不只一遍。并从中发现作者善于把前人（凯恩斯、库茨涅兹、丁伯根、里昂惕夫等）的不同成果（宏观经济理论、国民经济核算、经济计量方法、投入产出技术等）结合起来，在实践（经济模型的研制和应用）中加以验证和发展，产生自己的新成果（国家经济、世界经济的预测和分析）。这大概就是科学研究的真谛吧！

当然，即使就一个专业而论，也不能只读某一先驱者的著作。在美国为了撰写《经济数量分析概论》一书，我先后读了120多本相关的书，对这些书主要不是精读，而是研读，即选有关部分，进行比较研究。研读是个重要的读书方法。它可以对比同一问题的各种不同回答的异同，从中找出比较全面和正确的回答。例如在上述研读中，我曾考察过20世纪70年代美国数量经济分析有关著作中对模拟这个术语的三种主要的不同理解，即仿制、求解、试验。经过一番比较后，我得出结论认为模拟就是检验各种设想的方案，寻求某一种比现有方案更好的方案。

研究领域的扩大和转移，又要求读许多新的专业书。我从数量经济学的研究中，认识到数据、资料、信息的重要性，并逐步延伸到信息与信息经济学的研究。为了研究信息经济学，我从日本的亚洲经济研究所的图书馆找到和复印了马克卢普教授的重要著作——《美国的知识生产和分配》，我从北京图书馆找到和复印了波拉特博士的研究报告——《信息经济》。这些书不仅难读，而且很难找，为了读它，就必须下决心去找，找到后又要慢慢地"啃"。尽管难"啃"，但是对原文含义的了解远比读后来出版的转译（从英文译成日文，再从日文译成中文）本真实和细致。

读书要有钻劲和韧劲。不钻，是读不进去的。"不入虎穴，焉得虎子。"钻进去了，掌握了真意，认识了规律，就会感到无比的高兴。不韧，就读不下去。读一点，再读一点，日积月累，"积少成多，聚沙成塔"。有朝一日，回顾读过的东西，其量之多，连自己也会大吃一惊。读过的书，变成自己的知识，潜移默化，必然会产生无穷的力量。知识就是力量，这是千真万确的。

学经济的人，除了读自己的专业书外，还应读点哲学，读点历史，读点小说等文学方面的书。哲学有助于经济研究工作者提高思辨能力。历史，特别是经济史、经济学说史，有利于经济研究工作者了解发展的逻辑。反映经济时代变迁的小说则会使经济研究工作者的抽象思维得到一种形象的印证。例如，读了茅盾的《子夜》，就好理解新民主主义革命时期中国民族资产阶级的特点。此外，我还爱读传记。例如梅林写的《马克思传》，欧文·斯通写的《梵高传》和艾芙·居里写的《居里夫人传》等，都是我曾经爱读的书。传记用伟人成长的事实，教导人们怎样对待和选择人生的道路，它能给人以许多有益的启迪。

书是人类的精神食粮。要反对和防止对精神食粮的社会污染。我们作为读者，要提高鉴别力，抵制"毒草"，用"香花"来滋补自己，赢得自由，使自己在工作和生活中逐步从必然王国进入自由王国。我们作为作者应当像鲁迅先生那样"吃的是草，挤出来的是牛奶"，写好书，多写有益的书，使书林更茂盛，为人类的文明增添光辉。

（选自《中国图书评论》，1995 年第 3 期）

读书＝做人

楼宇烈

"读书与做人"这个题目中有两个词，一个是读书，一个是做人，中间加了一个"与"字。我想，最好把这个"与"字改成个等号，即：读书＝做人，做人＝读书。

清初学者陆陇其说过，读书做人不是两件事。将所读之书，句句落实到自己身上、便是做人之法，如此方叫得能读书。如果不落实到自己身上去领会书中的道理，则读书自读书，做人自做人，只算作不能读书的人。我认为，一定要让读书与做人变成一回事，不要把它看作两件事。

读书的第一个目的是通晓人道，明白事理。通晓人道，即要懂得怎样做人。《淮南子》一书中有这样一段话："遍知万物而不知人道，不可谓智；遍爱群生而不爱人类，不可谓仁。"当今社会的状况跟古代相似，很多人知识很丰富，知晓群生万物的道理，就是不懂得怎样做人，我们不能说这样的人有智慧；很多人爱万物群生，却唯独不爱惜人类自己，那么就不能说这样的人具有仁这种德行。

在中国传统文化中，观察、思考问题都是从人入手的。以人为本的人文精神的根本特点就是看一切问题都和人联系在一起，都要思考它对人有何教益。

读书的第二个目的是变化气质，完善人格。我们不是只懂得道理就可以了，就像陆陇其所说的，要学一句就对照一下自己，并督促自己按照正确方法去做。在没有学习之前，我们不明白事理，不通晓人道，这没有关系。在学习之后，我们就要根据所明白的事理，所通晓的人道去改变自己。学和行、知和行一定要结合起来，只学而不行是毫无意义的。

中国传统文化重视"为己之学"。在《论语》一书中，孔子说："古之学者为己，今之学者为人。"从字面的意义上看，今人要比古人好，古人学习是为自己打算，今人学习是为别人打算。其实不断完善自己，提升自己的学问才是为己之学、它不是为了炫耀给别人看。荀子说："君子之学也，以美其身；小人之学也，以为禽犊。"这也就是说君子之学是为了完善自己，提升自己的学问，而小人之学是将学问当作礼物来取悦别人的，从耳朵里听进去，嘴里就说出来了，只不过丝毫没有提升自己。

读书还有第三个目的是拓展知识，学习技能。这三个目的是有先后顺序的，通晓人道，明白事理是第一位的，然后再去改变气质，完善人格，最后通过实践去拓展我们的知识和技能。就像孔子讲的："弟子入则孝，出则悌，谨而信，泛爱众，而亲仁。行有余力，则以学文。"（《论语·学而》）我们首先要"志于道"。学习做人的道理，连人都做不好，事情怎么能做好呢？其实，一个人不管做什么事，都要看他有没有胸怀、志向。我们做任何事决不能仅仅为了个人享乐。反之，我们要胸怀大志，为国为民，志存高远，行在脚下。我们也不能只有高远的志向，夸夸其谈，而不去行动。

我们应该读什么样的书呢？中国有句老话，叫作"开卷有益"，意思是读什么书都是可以的。但是，我们最好还是要有所选择，因为我们会被书中负面的内容所干扰。书籍是五花八门、琳琅满目的，可读之书非常多，中国传统文化典籍可分为甲、乙、丙、丁四类，或者叫经、史、子、集四类。

经书可以说是具有长久生命力的经典。所谓"经者，常也"，它是讲贯穿古今、万物，认识天道、地道、人道最根本的道理，这就是经。

先秦时就提出了"六经"的概念。即《诗》《书》《礼》《乐》《春秋》。经书后来又有所扩展，增加了《论语》《孟子》《孝经》《尔雅》。除了《仪礼》这部经典之外，又添加了解释礼的书《礼记》。

通过读经书，我们就可以明天理，晓人道，知道应该怎样做人、做事，我们的言行举止应该遵守什么样的规矩。"没有规矩不成方圆"，人的行为也是如此。大家也许都很喜欢孔子的话："七十而从心所欲。"但是，我们不要忘了后面还有三个字："不逾矩。"

礼教告诉人们应该遵守的言行举止方面的规矩，其根本目的就是让我们认识到自己是一个什么身份的人，这样身份的人应该遵守什么样的规矩。很多人可能一听到这些就会头痛，觉得它是封建礼教的腐朽思想。我常讲，人如果想活得自由就必须要遵守规矩，如果所做的事情不符合身份，那就会四面碰壁。如果每个社会成员都能够尽伦尽职，这个社会一定是和谐的。尽伦尽职就是要求：在什么位置上，就应该尽这个位置上的职。

史，即历史，是明古今之变的。司马迁讲天下的学问无非两大类，"究天人之际，通古今之变"。前者是探究人跟天地万物之间的关系；后者就是来了解人类社会的人事变动、朝代更替的经验教训。史学具有非常重要的作用，中国文化中有两个重要的传统：一个是"以史为鉴"；另一个是"以天为则"。唐太宗讲："以铜为鉴，可正衣冠；以古为鉴，可知兴替。"古人强调"观今宜鉴古"，要看出今天的问题，要拿历史当一面镜子照一下。

历史承载着文化，一个不懂得自己国家民族文化的人，让他来热爱自己的国家，对中国传统文化有信心，这怎么可能呢？因此，清代学者龚自珍讲了一句非常深刻的话："欲知大道，必先为史。灭人之国，必先去其史。"

子书就是各种不同的学派对天道、地道、人道的认识。我们的世界本来就是丰富多彩的，人们会从不同的角度去观察、思考，也会有不同的解释，这就是我们常常讲的文化的多样性、多元性。《孟子》里有一句话："物之不齐，物之性也。"通过学习诸子百家对事物的不同看法，可以增长我们的智慧。

集部就更复杂多样了。集部里又分总集、别集、专集。读集部的书，可以长见识、养情性。文学、艺术作品等都归在集部中。集部的书，让我们从各个方面去体悟人生，可以让我们成为一个有艺术生活的人。我希望每个人多点业余爱好，在艺术的人生里去发掘、学习人生的艺术，干巴巴的人生是总结不出人生的艺术的。读书要读出智慧来，不要读成知识的奴隶。

怎样读书呢？从根本上讲，读书就是要"得其意"，能够举一反三。《增广贤文》中有一句话"好书不厌百回读。"好的书我们读一百遍都不会厌倦。我在后面接了一句"精意勤求十载功"，我们求得"精意"，恐怕要花 10 年的工夫。现在读书或者做学问时，常常是把简单的问题复杂化，化简为繁常被看作是有学问的体现。其实，大道至简，真理平凡。例如，很多人学佛，总觉得学佛好像很深奥，修行很神秘。我认为，修行的真谛是平静地对待每天都要碰到的事情，做好自己的本分。

读书的次第是什么？我觉得就是《中庸》中所说的：博学、审问、慎思、明辨、笃行。

什么叫"博学"？黄侃先生讲过一句话："所谓博学者，谓明白事理多，非记事多也。"博学是因为明白很多事理，而不是记住了很多事情。明白事理是一种智慧，中国的传统文化是一种学智慧的文化，而不是单纯的学知识的文化。知识是静止的，智慧是变动的，智慧是一种发现、掌握、运用知识的能力。

审问就是要多问为什么，要不耻下问。子曰："三人行，必有我师焉。"（《论语·述而》）我们身边永远都有值得学习的人和事，不要以自己的长处去比别人的短处，那就没有学习的必要了，我们应该时刻看到自己的不足。

慎思，即认真的思考。孔子说："君子有九思：视思明，听思聪，色思温，貌思恭，言思忠，事思敬，疑思问，忿思难，见得思义。"（《论语·季氏》）我们碰到事情就要思考、读书更要思考。慎思然后就要明辨，分辨是非、疑惑，知道哪些事情该做，哪些事情不该做等等。

笃行，即身体力行。荀子讲："知之不若行之，学至于行而止矣。"（《荀子·儒效》）明白不如做到，学到并做到，才算达到了读书的最高境界。

智、仁、勇这三种品德是每个人都应该具备的，《中庸》

里讲："好学近乎知，力行近乎仁，知耻近乎勇。"老子说："知人者智，自知者明。胜人者有力，自胜者强。"人最难的就是做到"自知"，人贵有自知之明，人更贵有自胜之强，能够战胜自己的人才是强者。

一个社会永远是有善恶、美丑的，我们不能太理想主义。人的身体、社会现象的平衡不是简单的百分之五十和百分之五十的比例，也许有的是要这个百分之七十，那个百分之三十才是平衡，很多事情都不能一概而论。和谐、平衡不是我迁就你，你迁就我，而是你尊重我，我尊重你，保持各自的差异和特点，不需要改变我的看法来附和你，也不需要改变你的看法来附和我，这才叫和谐、平衡。

（选自《民主与科学》副刊，2016年第6期）

我的读书经历与主张

刘应杰

　　我喜爱读书，书籍是我不可缺少的朋友。养成了每天读书的习惯，读书就变成了生活的一部分。每天晚上睡觉前，总要躺在床上拿上一本书，读一两个小时后在回味无穷中入睡。闲暇时光去逛书店，买上几本喜欢的书，然后躺在床上专心致志地看书，被书中的内容所吸引而陶醉其中，那是多么惬意的事情啊！

　　记得小时候，一个知识贫乏的时代，家里没什么书，书店也没多少书卖。有谁拿一本少头没尾、卷角掉页的连环画，大家都如获至宝，争先恐后地抢着看。不少文学书都是从看连环画开始的，《西游记》《林海雪原》《烈火金刚》《半夜鸡叫》等，看得有滋有味。为了能够买到一本自己喜爱的连环画，宁可随大人赶集赶会时饿着肚子不吃饭，甚至以自己卖牙膏皮、逮蝎子、挖中药材等手段挣几毛钱去买书。

　　上中学时，课程很松，"学制要缩短，教育要革命"，整天是学工学农，甚至一度物理化学课本变成了《工业基础知识》，自然生物课本变成了《农业基础知识》，学生们管它们叫"公鸡（工基）"和"母鸡（农基）"，好在没有现在学生上学的压力，

・跟着名家好读书・

反而有不少闲时间去看课外书，现在想来除了感到那时教育和学习的贫乏之外，也庆幸有时间读许多的课外书，这是现在的学生所不及的。

那时能够找到的文学书差不多都读了，如《红岩》《青春之歌》《红旗谱》《野火春风斗古城》《苦菜花》等都是在传借中读完的。至于中外古典名著，那时很少能看到，记得《三国演义》《水浒传》《红楼梦》等都是费心求人借到的，大多是包着皮、掉了不少页的旧书，人家还只借给你两三天甚至一天时间，于是夜以继日、彻夜不眠地看。为此没少挨家里大人的骂，大人觉得看书没用，点灯耗油，浪费时间，还不如帮家里干点活。这样子，看书也只能偷偷地看，甚至还要为逃学和不下地干活编造一个生病的理由。

上了大学，最大的快乐就是学校有一个大图书馆，有着自己以前从没有见过的那么多的书。置身于书的海洋中，就好像一个长期饥饿的人突然得到了无数的美味佳肴一样，那种惊奇和满足是可想而知的。在上课学习之余，把借来的一摞一摞的书抱回去，沉浸在读书的快乐中。那时刚刚恢复高考，大学生是非常稀缺的，全社会都用羡慕的眼光看待大学生。作为高招后第一届大学生，一方面庆幸自己改变了命运，另一方面也觉得大学生必须懂得许多知识，真正成为一个知识分子。大学四年看了许多中外名著，拼命用丰富的知识充实自己。什么《唐诗》《宋词》《古文观止》等，拼命地背啊；以前很少见到的国外名著如《复活》《战争与和平》《巴黎圣母院》《悲惨世界》《茶花女》《莎士比亚戏剧集》等，昏天黑地地看。自己还制定了一个读书计划，这学期看什么，下学期读什么，从文学到哲学、从经济到政治，凡是有名的，都要借来看一看，不看就显得自己没有文化。有些看不太懂的书如黑格尔的《精神现象学》《逻辑学》等，也要看出个大意。知识开阔了眼界，我看到了一个更大的更新奇的世界。有人说，知识决定眼界，人的一生就像在一个无形的"圈"中生活，你读书越多，知识就越多，你所拥有的这个"圈"就越大，给了你越来越大的生活世界。信哉斯言！

大学期间读的是政治系，那时候百废待兴，一切都在变化之中，大学第三年就一分为四，分成了政治、经济、哲学、法律四系，自己被提前作为师资选送到山东大学进修科学社会主义，与所学专业相联系，读了不少马列主义理论著作，《马克思恩格斯选集》《列宁选集》《斯大林选集》《毛泽东选集》《资本论》等，这些都看了不止一遍，应该说打下了比较扎实的马克思主义理论基础，这对以后的工作和研究很有帮助。后来，留在大学从事教学工作，又转搞社会学，比较系统地读了一些中外社会学家的著作，费孝通先生的《乡土中国》《江村经济》《生育制度》等著作对我产生了比较大的影响，他所倡导的田野调查方法和实证研究使我深感学术研究必须建立在实际的基础之上，从实证研究中建立理论并验证理论。正是这种对社会学田野调查和实证研究的推崇，才使我报考了中国社科院社会学所陆学艺先生的博士研究生，从研究中国农村社会进而认识整个中国社会，并从社会结构变迁中探求社会发展变化的规律。过了猛攻恶补的阶段，开始有选择地看书。工作以后，读书更多更广泛。总体上，自己是一个读书比较杂的人，兴趣广泛，涉猎颇多，文史哲、政经社等什么书都看。除了政治、经济等专业书外，买书和读书比较多的是这样几类。

一是历史、地理、文化方面的书。除了一般的历史书之外，费正清主编的《剑桥中国史》、唐德刚的《晚清七十年》等都很值得一读。我看历史书，一般还喜欢与中国历史地理、中国职官志对照来读，这样可以使人知道古代地名、地域、职官等的变迁，郭沫若主编的《中国史稿地图集》和谭其骧主编的《中国历史地图集》都是很好的参考书。我喜欢买各种各样的地理书和地图册，平时没事的时候也喜欢研究地图。尤其是一些专业化的地图，可以增加许多知识。有一张《国际新闻地图》，是按国际政治经济组织如中东地区、苏联地区、南斯拉夫地区、北大西洋公约组织、石油输出国组织等编排的，很有专业性。文化方面，喜欢看不同文化比较的书，如中国文化、日本文化、欧洲文化、印度文化、伊斯兰文化等。美国曾驻日本大使赖肖尔写的《日本人》是一本有关日本的很好的参考书，他是一个日本通，长期住在日本，还娶了一个日本妻子。美国人类学者本尼迪克特写的《菊花与刀》是一本深刻分析日本文化的书，成为外国人了解日本的必读书。日本的陈舜臣写的《日本人与中国人》也是一本不错的比较中日文化的著作。在城市文化研究方面，林语堂的《大城北京》、易中天的《读城记》都是值得一读的好书。

二是文学、人物传记方面的书。文学方面，除了中外名著之外，也喜欢读一些新流行的小说。陈忠实的《白鹿原》是一本关中平原几十年风云变迁的具有史诗般价值的好书。余秋雨的散文写得不错，《文化苦旅》是其中写得最好的一本。人物传记方面，既有文学性，又有可读性而写得最好的一本是林语堂的《苏东坡传》。写希特勒的《第三帝国的兴亡》也很值得一看。有一个时期，看了不少斯大林的传记，其中写得好的是英国的伊恩·格雷的《斯大林——历史人物》，苏联的阿夫托尔哈诺夫写的《斯大林死之谜》，还有斯大林女儿斯维特兰娜写的《致友人的二十封信》和《仅仅一年》等，我花了不少功夫来研究斯大林，为此还写了一本书《斯大林之谜》，出版后颇受欢迎。

三是国际比较研究方面的书。主要是以中国为中心，以别国为参照，来研究中国的发展变化。这方面感到有价值的好书主要有：费正清的《美国与中国》、美国的奥戴德·申卡尔写的《中国的世纪》、瑞士艾蒂安写的《世纪竞争：中国和印度》、美国的内森和罗斯合著的《长城与空城计——中国的安全问题》，还有获得广泛好评的美国托马斯·弗里德曼的《世界是平的》和英国的马丁·雅克的《当中国统治世界——中国的崛起和西方世界的衰落》，都是深入了解中国与世界的必读书。

回顾自己的读书经历，有以下几点体会或者说主张。

第一，读书以愉悦身心为本。古人有一种观点，读书要受得"十年寒窗苦"，甚至要"头悬梁，锥刺股"。我极其不理解，难道读书有如此痛苦吗？我的体会是，读书是一件非常快乐的事，兴趣和爱好是读书的最大动力。所以我们的学校教育应该是快乐教育，不应该是痛苦教育，把读书变成一件痛苦的事，任谁也不愿读书的。孙中山说："我一生的嗜好，除了革命之外，就是读书。我一天不读书，就不能够生活。"我从读书中深深体会到，没有书的生活是一种精神贫乏的生活，不读书的人是一个精神贫困的人。书籍是文化传承的载体，是几千年来人类知识的结晶，是无数他人经验智慧的总结。你要拥有这些，不必再重新从钻木取火开始，而可以通过读书获得。通过读书，我们没有去过美国却可以了解美国，我们没有经历过唐朝却可以认识唐朝；通过读书，我们可以与先贤哲人孔子、孟子、老子、庄子、亚里士多德、柏拉图等对话，可以理解文学大师李白、杜甫、曹雪芹、普希金、托尔斯泰、莎士比亚的心理和感情；通过读书，我们能够了解大到浩瀚无际的宇宙世界，小到神奇的蜜蜂王国和原子内部结构。读书，使我们畅游在知识的海洋，获得一个全新的世界。一个不读书的人，只能从直接接触中如从个人经历和别人的言传身教中获得知识，他局限于自己周围狭隘经验的小范围，基本上是一个无知的人；而一个读书的人，则超越了时间和空间给予他的限制，可以跨越数千年，纵横几万里，拥有更加广阔的眼界和知识。

　　第二，读书需要眼光。人类至今，留下的书籍浩如烟海，每天还在产生成千上万的书。毋庸讳言，这其中好书坏书正书邪书精品书垃圾书什么样的书都有，而大量的则是一般化、平平的甚至包含错误的书。读书使人明智，是指读好书使人明智，读了一般化的书、错误的书、荒谬的书，不但无益，反而有害。这样的事例，不乏其人。读书，读哪些书，选择什么样的书，是要下一番沙里淘金的功夫的。当然，人类进步到今天，已经形成了一大批公认的好书，这是我们的必读书。除此之外，还要看个人的兴趣和爱好，这其中也包含读者的眼光。看一个人的藏书，尤其是他读了什么书，大致是可以知道他的知识结构的。过去说，文如其人，其实书也如其人，什么样的人会喜欢看什么样的书。有人喜欢武侠，有人喜欢琼瑶，各取所需，各有所爱。一般来说，应该选择看那些能够增长知识、培养和提高专业技能的书，具有真知灼见、给人以智慧和启迪的书，能够陶冶情操、给人以信心和力量的书。

第三，读书需要方法。工欲善其事，必先利其器。掌握好的读书方法，可以收到事半功倍的效果。有的人好读书不求甚解，什么书都看，看后不知所云，抓不住要害和真谛。这就好像到了一个五光十色、令人眼花缭乱的大商场去买东西，什么都想买，不知道买什么。有人说了一句很有道理的话，我们上大学，重要的不在于学了多少知识，而在于掌握了获取知识的方法。教师的职责不在于"授人以鱼"，而在于"授人以渔"。一般来说，读书要学会略读、粗读和精读。在知识的海洋中，许许多多的书只是翻一下就可以了；一般的书只要略读，了解主要的精神即可；稍微好一点的书要粗读，拣主要的部分读，要有基本的了解；少数精品书则要精读，反复地看，达到消化吸收，融会贯通。台湾李敖说他读书不但要圈点批注，甚至喜欢把书撕开来读，把其中的内容分门别类加以整理归档，背面还要复印，不以保存为目的，而以读烂为目的。可见，读书还是需要各人创造一些"怪招"的。

第四，读书需要批判精神。古人说，尽信书，则不如无书。书乃一家之言，尽管是天才大家，也不可能尽善尽美，毫无瑕疵。马克思说过，要批判地继承人类社会创造的一切优秀文化遗产。读书要始终保持一种独立的理性的批判精神，用挑剔的审视的目光来看书。青少年有不少人看书入迷，看金庸的武侠小说把自己想象成其中武艺高强的侠义英雄，看琼瑶的言情小说而陷入其中不能自拔，看所谓算命预测之类的书而信以为真，这些都是在书中迷失自我的表现。牛顿说："如果说我比别人看得更远些，那是因为我站在了巨人的肩膀上。"读书要深入书中理解，跳出书外思考，站在前人的肩上登高望远，这样才能达到"会当凌绝顶，一览众山小"的境界和"青出于蓝而胜于蓝"的效果。

第五，读书的目的在于应用。读书不是只为了读书，而是为了掌握知识、增长智慧最终为我所用。有的人读了一辈子的书，只是读书，无有所长，无有所用，读死书，死读书，最后变成了书呆子。这是读书失败的典型。像毛泽东，熟读中国历史，饱览历代典籍，用于治国理政，成就一代伟人。像钱学森，学贯中西，精通文理，既是科学家，又是战略家，成为中国的航天之父和导弹之父。"纸上得来终觉浅，绝知此事要躬行"，由读书而实践、而创造，最终又把他们的智慧凝结在书中，成为一切后学者的榜样。

（选自《新阅读》，2019 年第 12 期）

第三篇　博览好书

《礼记》有云："富润屋，德润身。"好书是德种子，读好书是立德树人的大好事，人人当在博览好书中明大德、守公德、严私德。古往今来，凡是有大成就者，诀窍无他，都是能下功夫饱读好书的人。孔子晚年特别喜欢研读《周易》，每读一遍都写下附注，这些附注合称"十翼"，就连最结实的牛皮绳子都被磨断了3次，究竟读了几百遍无可知晓！好书不是杜康胜似杜康，以文化人香味绵长；好书不是春光胜似春光，温暖生命绽放芬芳；好书不是良药效比良药，洗心医愚益寿福康。所以说，读书就要读好书。

本篇精选12位名家畅谈饱读好书方面的文章，都结合自身讲述了如何看待好书、怎样甄选好书、如何阅读好书等实际问题，每一篇可谓发自肺腑，字字珠玉，语若莲花，为我们阅读好书打开了方便之门。顺便浏览一下题目，就知道其中的滋味无比诱人：《读书与读自然书》《读书与做人》

《读好书　做好人》《读好书益寿》《好读书与读好书》……走进本篇，细细玩味这些名家匠心独运而又温润如玉的"美味佳肴"吧！

读书与读自然书

李四光

什么是书？书就是好事的人用文字或特别的符号，或兼用图画将天然的事物或著者的理想（幻想、妄想、滥想都包含在其中）描写出来的一种东西。这个定义如若得当，我们无妨把现在世界上的书籍分作几类：（甲）原著，内含许多著者独见的事实，或许多新理想新意见，或二者兼而有之。（乙）集著，其中包罗各专家关于某某问题所搜集的事实，并对于同项问题所发表的意见，精华丛聚，配置有条，著者或参以己见，或不参以己见。（丙）选著，择录大著作精华，加以锻炼，不遗要点，不失真谛。（丁）窃著，拾取一二人的唾余，敷衍成篇，或含糊塞责，或断章取义。窃著著者，名者书盗。假若秦皇再生，我们对于这种窃著书盗，似不必予以援助。各类的书籍既是如此不同，我们读书的人应该注意选择。

什么是自然？这个大千世界中，也可说是四面世界中所有的事物都是自然书中的材料。这些材料最真实，它们的配置最适当。如若世界有美的事，这一大块文章，我们不能不承认它再美没有。可惜我们的机能有限，生命有限，不能把这一本大百科全书一气读完。如是学"科学方法"的问题发生，什么叫作科学的方法？那就是读自然书的方法。

书是死的，自然是活的。读书的功夫大半在记忆与思索（有人读书并不思索，我幼时读四子书就是最好的一个例）。读自然书，种种机能非同时并用不可，而精确的观察尤为重要。读书是我和著者的交涉，读自然书是我和物的直接交涉。所以读书是间接的求学，读自然书乃是直接的求学。读书不过为引人求学的头一段功夫，到了能读自然书方算得真正读书。只知道书不知道自然的人名曰"书呆子"。

世界是一个整的，各部彼此都有密切的关系，我们硬把它分作若干部，是权宜的办法，是对于自然没有加以公平的处理，大家不注意这种办法是权宜的，是假定的，所以酿出许多科学上的争论。杰文斯（Jevons）说按期经济的恐慌源于天象，人都笑他，殊不知我们吃一杯茶已经牵动太阳，倒没有人引以为怪。

我们笑腐儒读书断章取义，咸引为戒。今日科学家往往把他们的问题缩小到一定的范围，或把天然连贯的事物硬划作几部，以为在那个范围里的事物弄清楚了的时候，他们的问题就完全解决了，这也未免在自然书中断章取义。这一类科学家的态度，我们不敢赞同。

我觉得我们读书总应竭我们五官的能力（五官以外还有认识的能力与否我们现在还不知道）去读自然书。把寻常的读书当作读自然书的一个阶段。读自然书时我们不可忘却，我们所读的一字一句（即一事一物）的意义还视全节全篇的意义为意义，否则成一个自然书呆子。

（选自《地球》，2009 年第 5 期）

读书与做人

钱　穆

　　所谓做人，是要做一个理想标准高的人；再讲到读书，因为只有在书上可以告诉我们如何去做一个有理想有高标准的人。究竟当读哪些书好？我认为：业余读书，大致当分下列数类。

　　一是修养类的书。中国有关人生修养的几部书是人人必读的。首先是《论语》。再次是《孟子》。孔孟这两部书，最简单，但也最宝贵。如能把此两书经常放在身边，一天读一二条，不过花上三五分钟，便可得益无穷。此时的读书，是个人自愿的，不必硬求记得，也不为考试，亦不是为着要做学问专家或是写博士论文，这是极轻松自由的，只如孔子所言"默而识之"便得。

　　一部《老子》，全书只五千字。一部《庄子》，篇幅较巨，文字较深，读来比较难。但我说的是业余读书，尽可不必求全懂。要知道，即使一大学者，他读书也会有不懂的，何况我们是业余读书，等于放眼看窗外风景，或坐在巴士轮渡中欣赏四周景物，随你高兴看什么都好，不一定要把外景全看尽了，当然谁也看不尽的。

　　一部佛教禅宗的《六祖坛经》，是用语体文写的，内中故事极生动，道理极深邃，花几小时就可以一口气读完，当然也可时常精读。

还有朱子的《近思录》与阳明先生的《传习录》。这两部书，篇幅均不长，而且均可一条条分开读。爱读几条便几条。我常劝国人能常读上述七部书。中国传统所讲修养精义，已尽在其内。而且此七部书不论你做何职业，生活如何忙，都可读一读。

其次便是欣赏类的书。最有效的莫如读文学作品，尤其要读诗。这并非要求大家都做一个文学家，而是只要能欣赏。如陶渊明诗："犬吠深巷中，鸡鸣桑树巅。"这十个字，岂非我们在穷乡僻壤随时随地可遇到！但我们却忽略了其中的情趣。经陶诗一描写，即把一幅富有风味的乡村闲逸景象活在我们眼前了。又如王维诗："雨中山果落，灯下草虫鸣。"诸位此刻住山中，或许也会接触到这种光景：下雨了，宅旁果树上，一个个熟透了的果子掉下来，可以听到"扑""扑"的声音；草堆里小青虫因着雨潜进窗户来了，在灯下"唧唧"地鸣叫着。这是一个萧瑟幽静的山中雨夜，但这诗中有人。

不仅诗如此，中国散文亦然。诸位纵使只读一本《唐诗三百首》，只读一本《古文观止》也好；当知我们学文学，并不为自己要做文学家。

第三是博闻类。这类书也没有硬性规定，只求自己爱读。史传也好，游记也好，科学也好，哲学也好，性之所近，自会乐读不倦，增加学识，广博见闻，年代一久，自不寻常。

第四是新知类。我们生在这时代，应该随时在这时代中求新知。这类知识，可从现代出版的期刊上，乃至报章上找到。

第五是消遣类。其实广义说来，上面所提，均可作为消遣，因为这根本就是业余读书，也可说是业余消遣。但就狭义说之，如小说、剧本、传奇等，这些书便属这一类。如诸位读《水浒传》《三国演义》《红楼梦》等。

我今天所讲，并不是一番空泛的理论，只是我个人的实际经验。今天贡献给各位，愿与大家分享这一份人生的无上宝贵乐趣。

（选自《教育》，2020 年第 6 期）

谈谈怎样读书

王　力

　　中国的书是很多的，光古书也浩如烟海，一辈子也读不完，所以读书要有选择。清末张之洞写了一本书叫《书目答问》，是为他的学生写的。他说写这本书有三个目的：第一个目的是给这些学生指出一个门径，从何入手；第二个目的是要他们选择良莠，即好不好，好的书才念，不好的书不念；第三个目的是分门别类，再加些注解，以帮助学生念书。从《书目答问》看，读书就有个选择的问题，好书才读，不好的就不用读。他开的书单子是很长的，我们今天要求大家把他提到的书都读过也不可能，今天读书恐怕要比《书目答问》提出的书少得多。我们没有那么多时间，因此，选择书很重要。不加选择，如果读的是一本没有用处的书，或者是一本坏书，那就是浪费时间。不只是浪费时间，有时还接受些错误的东西。

　　到底读什么不读什么？这要根据各人的专业来定。如对搞汉语史的来说，倘若一本书是专门研究"六书"的，或者专门研究什么叫"转注"的，像这样的书就不必读，因为对研究汉语史没什么帮助。而像《说文段注》《马氏文通》这样的书就不可不读了。因为《马氏文通》是我国最早的一部语法书，而读

·跟着名家好读书·

了《说文段注》，对《说文解字》就容易理解多了，这对研究汉语史很有帮助。读书要有选择，这是第一点，可以叫去粗取精。

第二点叫由博返约。对于由博返约，现在大家不很注意，所以要讲一讲。我们研究一门学问，不能说限定在哪一门学问里的书我才念，别的书我不念。你如果不读别的书，只限于你搞的那一门的书里边，这是很不足取的，一定念不好，因为你的知识面太窄了，碰到别的问题你就不懂了。过去有个坏习惯，研究生只是选个题目，这题目也相当尖，但只写论文了，别的书都没念，将来做学问就有很大的局限性。如果将来做老师，那就更不好了。搞汉语史的，除了关于汉语史的一些书要读，还有很多别的书也要读，首先是历史，其次是文学。多了，还是应该由博到专，即所谓由博返约。

第三点要厚今薄古。这是什么意思呢？这是因为从前人的书，如果有好的，现代人已经研究，并加以总结发挥了。我们念今人的书，古人的书也包括在里边了。如果这书质量不高，没什么价值，那就大可不念。《书日答问》就曾提到过这　点，他说他选的大多是清朝的书，有些古书，也是清朝人整理并加注解的。比如经书，十三经，也是经清朝人整理并加注解的。从前，好的书，经清朝人整理就行了，不好的书，清朝人就不管它了。他的意思，也就是我上面说的那个意思。他的话可适用于现在，并不需要把很多古书都读完，那也做不到。

（选自《大学生》，1981 年第 2 期）

忆读书

冰 心

一谈到读书，我的话就多了！

我自从会认字后不到几年，就开始读书。倒不是四岁时读母亲教给我的商务印书馆出版的国文教科书第一册的"天、地、日、月、山、水、土、木"以后的那几册，而是七岁时开始自己读的"话说天下大势，分久必合，合久必分……"的《三国演义》。

那时我的舅父杨子敬先生每天晚饭后必给我们几个表兄妹讲一段《三国演义》，我听得津津有味，什么"宴桃园豪杰三结义，斩黄巾英雄首立功"，真是好听极了，但是他讲了半个钟头，就停下去干他的公事了。我只好带着对于故事下文的无限悬念，在母亲的催促下，含泪上床。

此后我决定咬了牙拿起一本《三国演义》来，自己一知半解地读了下去，居然越看越懂，虽然字音都读得不对，比如把"凯"念作"岂"，把"诸"念作"者"之类，因为就只学过那个字一半部分。

我这一辈子读到的中外的文艺作品，不能算太少。我永远感到读书是我生命中最大的快乐！从读书中我还得到了做人处

· 跟着名家好读书 ·

世的"独立思考"的大道理，这都是从"修身"课本中所得不到的。

我自 1986 年到日本访问回来后即因腿伤，闭门不出，"行万里路"做不到了，"读万卷书"更是我唯一的消遣。我每天都会得到许多书刊，知道了许多事情，也认识了许多人物。同时，书看多了，我也会挑选、比较。比如说，看了精彩的《西游记》就会丢下烦琐的《封神传》，看了人物栩栩如生的《水浒传》就不会看索然乏味的《荡寇志》，等等。对于现代的文艺作品，那些写得朦朦胧胧的，堆砌了许多华丽的词句的，无病而呻吟、自作多情的风花雪月的文字，我一看就从脑中抹去；但是那些满带着真情实感、十分质朴浅显的篇章，哪怕只有几百上千字，也往往使我心动神移，不能自已！书看多了，从中也得到一个体会，物怕比，人怕比，书也怕比，"不比不知道，一比吓一跳。"

因此，某年的六一国际儿童节，有个儿童刊物要我给儿童写几句指导读书的话，我只写了九个字，就是：读书好，多读书，读好书。

（选自《中华儿女》，2016 年第 4 期）

谈读书

吴大猷

年来偶有人问我读书的经历，或要我写以"读书"为题的文，或问我是否可推荐一些必读的书。

梁任公和胡适之先生都曾开过"必读"的书单，我觉得要达到他们期望的水准，只有互读彼此所列的书。两位的才华博学，是一代少有，而二人"所见不同"。数年前有人开出一"必读"的书目，实在像给一个新图书馆开购书单，果然被一位读者嘲骂得淋漓尽致。40年前，美国出了一套数十册的"世界的Great Books"，立刻有学者批评其未包括一点东方文明。我以为介绍一些自己极欣赏的书给学生同侪是甚好的，但开列"必读"的书目，则没有大意义。

我个人的"读书"经历，可分两部分，主要是读学术方面的书。其实对学术性的书，不应说"读"，而是"思索""求了解""试图引申"，有时"将书掩起，试图重新建立书中的论证"。我在大学三年级时开始将一本已有英译本的德文物理学名著，一面在德文的挣扎中清楚了解物理内容，一面借此学习德文（最后是参照英译本为自己的了解作验证）。这并不是很好的学习物理学的方法，但在20年代，新的好的物理学著作是以德文为主，不得不多习德文。此后我读物理的"笨"法，是读一本写得"好"的书时，在一纸簿作摘要和自己了解后加以添"注"，我以为经过这些"笔写"后，了解和印象都清楚许多。

我常告诉学生，读学术性的书，务须求"了解"。所谓"了解"，可以举例说明一下：以物理学某部门的一个"理论"言，了解的意义包括自己可以追溯所以作这个"理论"的背景和原因，可以由这个理论导出所期望的结果。这样才算"了解"了，才可以说已将这个理论"消化"了。"读书"不是"吞"一些"知识"，而是将所"了解"的纳入自己的思想系统里。我曾以一个粗浅的比喻说明这点。我们吃食物，须将食物消化了，才能成为我们的血、肉、骨、细胞。如吃的一块鸡、一块牛肉、一些蔬菜都不能消化，照原样一块鸡、一块牛肉等排泄出来，对人是毫无营养作用的。许多人读了多少年的书，读了些名词术语，也说出些名词术语，但是否曾经过消化、吸收的作用，内行人一听便很容易鉴别出来。

我读书的另一方面，是单纯为获得些知识和休息娱乐的阅读。我的"休息"方法，同时亦是一种"享受"，是看些新闻性（国际大事、政治、科技、某些运动）的报道和分析、历史和传记的文章、侦探小说等。

我读过柯南道尔所写的福尔摩斯的全部作品；读过克利斯蒂所写的差不多全部小说；其他的作者亦不少。我有若干年曾看报纸连载的长篇武侠小说，每天仅有数百字，实在没有意思，只是习惯而已，我不看所谓言情小说、科幻小说，亦不读"文学"作品；我没有耐心读长的小说，没有文学细胞和文艺作品生共鸣。我不读报上的许多东西（当然不看各报纸皆大约占百分之四十版面的广告），但如偶有自己写的东西，则会看一二遍，看看错了字没有，和如何写可以清楚些。总之，学术性著作之外，我的阅读是我的休息，自然不读使我不能休息的东西了。

（选自《书城》，2000年第3期）

·跟着名家好读书·

请多读书

胡乔木

一个受过相当教育的青年（中年或老年也一样），不能不养成爱读书的习惯。在这个意义上，我对各地正在开始发展的读书活动以及推动它的读书讲演活动表示由衷的赞美。

书（这里且只说好书）给人以知识的门径，让人认识世界和社会的奥秘，扩大人的胸怀和眼界，也给人以高尚的、向上的情操。愈是有系统的大书，所给人的也愈多。我们要建设高度社会主义物质文明和精神文明，要掌握现代的科学和技术，要养成高度的民主、高度法治的习惯，要树立对社会主义远大前途的信念，就不能不依靠许多有益的专著。

可惜还有许多青年只满足于看小说、看电影电视、看歌舞表演以及相声杂技等（歌和相声不是看的，至少主要不是看的，一时想不出适当的说法，请语文专家指教吧）。我决不贬低它们在社会主义精神文明建设中的作用；不用说，它们都是许多作家、艺术家的巨大心血的产品，他们的艰辛而严肃的劳动是值得人人尊敬的。我只是说，受过相当教育的人们决不能满足于这些。为了祖国的需要，我们还必须掌握更多更根本更完备的知识。知识就是力量！我们要振兴中华，没有知识这种力量是不行的，因此我们就必须精读我们所必须读的书。为了得到工作中需要的知识，实践固然是不可少的。书本知识更加是不可少的，道理很简单，书本中的知识绝大部分并不是任何人在任何实践中所能得到甚至梦想到的。

读书吧，认真地为建设祖国而读书吧。读书活动正在开展，这很好，但是它还远没有普及到一切能读书的人都读书的程度。让我们为达到这个伟大目的而奋斗！

（选自《胡乔木文集》，人民出版社 1994 年版）

· 跟 着 名 家 好 读 书 ·

漫话读书

周汝昌

读书不是一件容易的事，而要谈谈读书，也不是一件容易的事。说一些空话，脱不出老生常谈的窠臼；讲一点实例，又往往使人感到"书呆子气"太重，不大爱看。这确实是个难题。如今且将零碎的断想，粗记于此，聊为一夕之漫话。

读书的"读"字，怎么讲？常说"阅读"，"阅"与"读"有无异同？先思索一番，也不无益处。"阅"与"读"，合言泛言无别，分言析言则有异。比如，就拿"文件"来说吧，上司看下级报上来的文件，很少听说那是"读文件"，好像是应该说"审阅""批阅"，这个"阅"就不能用"读"去替换。学生在学校里，是"读书"，而绝不能说成是"阅书"。"阅"就是俗语的"看"，看书、看报、看小说……往往含有随意浏览、消闲解闷的意味在内。"读"就不同了，它表示的是正式、认真、细致、深入的一种"看"，这里面是带有很多的思索、学习、体会、领悟等成分在内的。繁体"读"字的构成，右边是个"賣"（不同于"买卖"的"卖"字）。比如，繁体"渎"字右边也有这个"賣"，就含有一而再、再而三，重复的意思。"读"字有同样的"成分"，所以"读书"有不止一次、反复研习之意。

"好书不厌百回读"，如若你非要硬改为"好书不厌百回阅"，就有点儿不对味儿了。我用这个方式，来讲讲读书的"读"字的"神情意味"。认真地说，书读一遍，是断乎不行的。一般人往往以为需读好几遍的书是由于它太难懂、艰深、晦涩，其实呢，难字僻义，查明便解，不一定等于深沉精妙。有些极"易懂"的通俗文学，却需要五遍、十遍地去欣赏、去玩索、去寻味。这可能是因为，读一遍时常常是注意力只集中于一点或一面，而好书却常常是具有多点、多面、多层次、多方位的。所以，只看一遍的人，自以为"读过"了，实则只能说是"看了一回"。这样的"读"，收获不大，损失（自己丢弃不顾）得太多。

因此，如要问我读书有何妙诀，我将答曰：训练自己，读时多在头脑里增添"插电门儿"，靠它们来接"合型号""合规格"的插销——读书读多了，你会发觉越来越多的"插电门儿"接通了电流，"机器"运转了，光热发生了，原来不懂的、未曾想到的，都"通"了。这时，也只有这时，你才会享受到读书之乐。不然的话，乐自无从生，苦还会来占据它的地位。

（选自《阅读》，2022 年第 4 期）

我的国文启蒙

余光中

每个人的童年未必都像童话，但是至少该像童年。若是在都市的红尘里长大，不得亲近草木虫鱼，且又饱受考试的威胁，就不得纵情于杂学闲书，更不得看云、听雨，发一整个下午的呆。我的中学时代在四川的乡下度过，正是抗战，尽管贫于物质，却富于自然，裕于时光，稚小的我乃得以亲近山水，且涵泳中国的文学。所以每次忆起童年，我都心存感慰。

我相信一个人的中文根底，必须深固于中学时代。若是等到大学才来补救，就太晚了。我的幸运在于中学时代是在淳朴的乡间度过，而家庭背景和学校教育也宜于学习中文。

1940 年秋天，我进入南京青年会中学，成为初一的学生；那家中学在四川江北县悦来场，靠近嘉陵江边，因为抗战，才从南京迁去了当时所谓的"大后方"。不能算是什么名校，但是教学认真。我的中文跟英文底子，都是在那几年打结实的。尤其是英文名师孙良骥先生，严谨而又关切，对我的教益最多。当初若非他教我英文，日后我是否进外文系，大有问题。

至于国文名师，则前后换了好几位。川大毕业的陈梦家先生，兼授国文和历史，戴着厚如酱油瓶底的眼镜，学问和口才都颇出众；另有一位国文老师，已忘其名，只记得仪容儒雅，身材高大，不像陈老师那么不修边幅，更记得他是北师大出身，师承自多名士耆宿，就有些看不起陈先生，甚至溢于言表。

高一那年，一位前清的拔贡来教我们国文。他是戴伯琼先生，年已有稀，十足是川人惯称的"老夫子"。冬天他来上课，步履缓慢，仪态从容，常着长衫，戴黑帽，坐着讲书。至今我还记得他教周敦颐的《爱莲说》，如何摇头晃脑，用川腔吟诵，有金石之声。这种老派的吟诵，随情转腔，一咏三叹，无论是当众朗诵或者独自低吟，对于体味古文或诗词的意境，最具感性的功效。现在的学生，甚至主修中文系的，也往往只会默读而不会吟诵，与古典文学不免隔了一层。

为了戴老夫子的耆宿背景，我们交作文时，就试写文言。凭我们这一手稚嫩的文言，怎能入夫子的法眼呢？幸而他够客气，遇到交文言的，他一律给六十分。后来我们死了心，改写白话，结果反而获得七八十分，真是出人意外。

有一次和同班的吴显恕读了孔稚珪的《北山移文》，佩服其文采之余，对纷繁的典故似懂非懂，乃持以请教戴老夫子，也带点好奇，有意考他一考。不料夫子一瞥题目，便把书合上，滔滔不绝，不但我们问的典故他如数家珍地详予解答，就连没有问的，他也一并加以讲解，令我们佩服之至。

国文班上，限于课本，所读毕竟有限，课外研修的师承则来自家庭。我的父母都算不上什么学者，但他们出身旧式家庭，文言底子照例不弱，至少文理是晓畅通达的。我一进中学，他们就认为我应该读点古文了，父亲便开始教我魏徵的《谏太宗十思疏》，母亲也在一旁帮腔。我不太喜欢这种文章，但感于双亲的谆谆指点，也就十分认真地学习。接下来是读《留侯论》，虽然也是以知性为主的议论文，却淋漓恣肆，兼具生动而铿锵的感性，令我非常感动。再下来便是《春夜宴桃李园序》《吊古战场文》《与韩荆州书》《陋室铭》等几篇。我领悟渐深，兴趣渐浓，甚至倒过来央求他们多教一些美文。起初他们不很愿意，认为我应该多读一些载道的文章，但见我颇有进步，也真有兴趣，便又教了《为徐敬业讨武曌檄》《滕王阁序》《阿房宫赋》。

父母教我这些，每在讲解之余，各以自己的乡音吟哦给我听，父亲诵的是闽南调，母亲吟的是常州腔，古典的情操从乡音深处召唤着我，对我都有异常的亲切。就这么，每晚就着摇曳的桐油灯光，一遍又一遍，有时低回，有时高亢，我习诵着这些古文，忘情地赞叹骈文的工整典丽，散文的开阖自如。这样的反复吟咏，潜心体会，对于真正进入古人的感情，去呼吸历史，涵泳文化，最为深刻、委婉。日后我在诗文之中展现的古典风格，正以桐油灯下的夜读为其源头。为此，我永远感激父母当日的启发。

不过那时为我启蒙的，还应该一提二舅父孙有孚先生。那时我们是在悦来场的乡下，住在一座朱氏宗祠里，山下是南去的嘉陵江，涛声日夜不断，入夜尤其撼耳。二舅父家就在附近的另一个山头，和朱家祠堂隔谷相望。父亲经常在重庆城里办公，只有母亲带我住在乡下，教授古文这件事就由二舅父来接手。他比父亲要闲，旧学造诣也比较高，而且更加喜欢美文，正合我的抒情倾向。

他为我讲了前后《赤壁赋》和《秋声赋》，一面捧着水烟筒，不时滋滋地抽吸，一面为我娓娓释义，哦哦诵读。他的乡音同于母亲，近于吴侬软语，纤秀之中透出儒雅。他家中藏书不少，最吸引我的是一部插图动人的线装《聊斋志异》。二舅父和父亲那一代，认为这种书轻佻侧艳，只宜偶尔消遣，当然不会鼓励子弟去读。好在二舅父也不怎么反对，课余任我取阅，纵容我神游于人鬼之间。

后来父亲又找来《古文笔法百篇》和《幼学琼林》《东莱博议》之类，抽教了一些。长夏的午后，吃罢绿豆汤，父亲便躺在竹睡椅上，一卷接一卷地细览他的《纲鉴易知录》，一面叹息盛衰之理，我则畅读旧小说，尤其耽看《三国演义》《西游记》《水浒传》，甚至《封神榜》《东周列国志》《七侠五义》《包公案》《平山冷燕》等等也在闲观之列，但看得最入神也最仔细的，是《三国演义》，连草船借箭那一段的《大雾垂江赋》也读了好几遍。至于《儒林外史》和《红楼梦》，是要到进了大学才认真阅读。当时初看《红楼梦》，只觉其婆婆妈妈，很不耐烦，竟半途而废。早在高中时代，我的英文已经颇有进境，可以自修《莎氏乐府本事》，甚至试译拜伦《海罗德公子游记》的片段。只怪我野心太大，头绪太多，所以读中国作品也未能全力以赴。

我一直认为，不读旧小说难谓中国的读书人。"高眉"的古典文学固然是在诗文与史哲，但"低眉"的旧小说与民谣、地方戏之类，却为市井与江湖的文化所寄，上至骚人墨客，下至走卒贩夫，广为雅俗共赏。身为中国人而不识关公、包公、武松、薛仁贵、孙悟空、林黛玉，是不可思议的。如果说庄、骚、李、杜、韩、柳、欧、苏是古典之范，则西游、水浒、三国、红楼正是民俗之根，犹如圆规，缺其一脚必难成其圆。

读中国的旧小说，至少有两大好处。一是可以认识旧社会的民情风土、市井江湖，为儒道释俗化的三教文化作一注脚；另一则是在文言与白话之间搭一桥梁，俾在两岸自由来往。当代学者慨叹学生中文程度日低，开出来的药方常是"多读古书"。其实目前学生中文之病已近膏肓，勉强吞咽几丸孟子或史记，实在是杯水车薪，无济于事，根底太弱，虚不受补。倒是旧小说融贯文白，不但语言生动，句法自然，而且平仄妥帖，词汇丰富；用白话写的，有口语的流畅，无西化之夹生，可谓旧社会白话文的"原汤正味"，而用文话写的，如《三国演义》《聊斋志异》与唐人传奇之类，亦属浅近文言，便于白话过渡。加以故事引人入胜，这些小说最能使青年读者潜化于无形，耽读之余，不知不觉就把中文摸熟弄通，虽不足从事什么声韵训诂，至少可以做到文从字顺，达意通情。

我那一代的中学生，非但没有电视，也难得看到电影，甚至广播也不普及。声色之娱，恐怕只有靠话剧了，所以那是话剧的黄金时代。一位穷乡僻壤的少年要享受故事，最方便的方式就是读旧小说。加以考试压力不大，都市娱乐的诱惑不多而且太远，而长夏午寐之余，隆冬雪窗之内，常与诸葛亮、秦叔宝为伍。而更幸运的，是在"且听下回分解"之余，我们那一代的小"看官"们竟把中文读通了。

同学之间互勉的风气也很重要。巴蜀文风颇盛，民间素来重视旧学，可谓弦歌不辍。我的四川同学家里常见线装藏书，有的可能还是珍本，不免拿来校中炫耀，乃得奇书共赏。当时中学生之间，流行的课外读物分为三类：即古典文学，尤其是旧小说；新文学，尤其是三十年代白话小说；翻译文学，尤其是帝俄与苏联的小说。三类之中，我对后面两类并不太热衷，一来因为我勤读英文，进步很快，准备日后直接欣赏原文，至少可读英译本；二来我对当时西化而生硬的新文学文体，多无好感，对一般新诗，尤其是普罗八股，实在看不上眼。

同班的吴显恕是蜀人，家多古典藏书，常携来与我共赏，每遇奇文妙句，辄同声啧啧。有一次我们迷上了《西厢记》，爱不释手，甚至会趁下课的十分钟展卷共读，碰上空堂，更并坐在校园的石阶上，膝头摊开张生的苦恋，你一节，我一段，吟咏什么"颠不剌的见了万千，似这般可喜娘的庞儿罕曾见"。后来发现了苏曼殊的《断鸿零雁记》，也激赏了一阵，并传观彼此抄下的佳句。

至于诗词，则除了课本里的少量作品以外，老师和长辈并未着意为我启蒙，倒是性之相近，习以为常，可谓无师自通。当然起初不是真通，只是感性上觉得美，觉得亲切而已。遇到典故多而背景曲折的作品，就感到隔了一层，纷繁的附注也不暇细读。不过热爱却是真的，从初中起就喜欢唐诗，到了高中更兼好五代与宋之词，历大学时代而不衰。

最奇怪的，是我吟咏古诗的方式，虽得闽腔吴调的口授启蒙，兼采二舅父哦叹之音，日后竟然发展成唯我独有的曼吟回唱，一波三折，余韵不绝，跟长辈比较单调的诵法全然相异。五十年来，每逢独处寂寞，例如异国的风朝雪夜，或是高速长途独自驾驶，便纵情朗吟"弃我去者昨日之日不可留，乱我心者今日之日多烦忧？"或是"长洪斗落生跳波，轻舟南下如投梭，水师绝叫凫雁起，乱石一线争磋磨"顿觉太白、东坡就在肘边，一股豪气上通唐宋。若是吟起更高古的"老骥伏枥，志在千里。烈士暮年，壮心不已"，意兴就更加苍凉了。

《晋书·王敦传》说王敦酒后，辄咏曹操这四句古诗。一边用玉如意敲打唾壶作节拍，壶边尽缺。清朝的名诗人龚自珍有这么一首七绝："回肠荡气感精灵，座客苍凉半酒醒。自别吴郎高咏减，珊瑚击碎有谁听？"说的正是这种酒酣耳热，纵情朗吟，而四座共鸣的豪兴。这也正是中国古典诗感性的生命所在。只用今日的国语来读古诗或者默念，只恐永远难以和李杜呼吸相通，太可惜了。

前年十月，我在英国六个城市巡回诵诗。每次在朗诵自己作品六七首的英译之后，我一定选一两首中国古诗，先读其英译，然后朗吟原文。吟声一断，掌声立起，反应之热烈，从无例外，足见诗之朗诵具有超乎意义的感染性。

我以身为中国人自豪，更以能使用中文为幸。

（选自《中华活页文选》，2015 年第 11 期）

读好书　做好人

杨叔子

谈到读书，我就不能不想到我念高一的母校江西九江的同文中学。2009 年应《光明日报》"母校礼赞"专栏之约，我写了一篇《读好书做好人》稿，5 月 13 日发表。之所以用这个题目，因为这是同文中学的校训。同文中学诞生于第二次鸦片战争帝国主义大举侵略我国之时，历经中华民族百余年苦难风雨，与民族同患难，与国家共呼吸，正如今天同文中学校园十几株一百五十年以上树龄的香樟一样，根固于地，擎天而立，枝繁叶茂，生机勃勃。

"读好书做好人"的校训真好，既可以理解为：要读好的书，要做好的人；也可以理解为：要把书读好，要把人做好。不论如何理解，都可归结为：读书，要有益于身心健康；做人，要有益于国家、民族；读好书是为了做好人，做好人就要求读好书。这个校训把为什么读书，如何读书，以及它们之间的关系讲得简扼而深刻。笛卡尔讲得形象："读一本好书，就是和许多高尚的人谈话。"

1991 年，我增选为中国科学院院士（当时称"学部委员"）。那是 1980 年后的十一年间中国科学院第一次增选，备受社会关注。当时很多记者采访我，向我提了很多问题。问题之一是："哪一本书给你印象最深，对你影响最大？"我想了想，就讲："无可奉告！"我真的讲不清是哪一本书起了其他书不可比拟的作用。读书对一个人的影响是日积月累的，是潜移默化的，是会从量变到质变的。但在记者一再提问下，我就讲了：如果只凭直接的印象来判断，至少有两本。都是解放初期读的。一本是小说，奥斯特洛夫斯基写的《钢铁是怎样炼成的》；一本是哲学，艾思奇写的《大众哲学》。前者给了我巨大的长期的鼓励，直面人生；后者给了我深刻的初步的启迪，认识世界。小说中的主人公保尔·柯察金的名言：人最宝贵的东西是生命。生命属于我们只有一次而已。一个人的生命应该这样度过：当他回首往事时，他不因虚度年华而悔恨，也不因碌碌无为而羞耻；临死的时候，他能够说："我整个生命和全部精力都献给了世界上最壮丽的事业——为人类的解放而斗争。"在1963年读到雷锋同志所讲的："人的生命是有限的，可是，为人民服务是无限的。我要把有限的生命投入到无限的为人民服务中去……"两者多么契合！讲法似不同，本质、境界全一致！一直深深影响着我，激励着我，引导着我。《大众哲学》讲"量变到质变"这一规律用的是西湖边雷峰塔为什么倒塌的实例，指出抽走导致塔倒塌的最后一块砖时，就导致了质变。当时，我就想到了我国古谚："勿以善小而不为，勿以恶小而为之。"这两本书，使当时还只有十六七岁的我，对献身共产主义崇高的事业树立了坚定的信念。很快，1950年1月我就入了团，1956年2月我就入了党。无论是百花争艳的春天，天高气爽的金秋，还是暑气逼人的盛夏，天寒地冻的严冬；无论是身处顺境还是逆境，我扪心无愧，从未对自己的坚定信念有所动摇。

如果深究我之所以能如此的原因，至少有两点：首先是中华民族文化及其经典著作对我影响很深，我从四岁到九岁，就是在学习传统文化中度过的。特别是《论语》对我自幼深深的熏陶。其实，《论语》中的词汇、语句、论述、思维等早已深入我国人民生活与思想之中，从"启发""反省"到"温故知新""后生可畏"，到"因材施教""有教无类""君子不器""和而不同"，如此种种，何能胜数。在思考问题或感情沸起时，幼时所受的这些教育内容就自然会在其中。所以，在我接任华中科技大学校长工作后，又一次细读了《论语》。后来，用《重读〈论语〉——兼谈如何读书》为题，作了系统的演讲，至少有十次以上。实质上，这是汇报我个人读书，特别是读《论语》的内心体会。演讲中我谈了四点体会：

——读书，就要把握整体地读。以孔解孔，这就防止理解走偏。例如，"学而时习"这个"习"字，主要是"实践"的意义，而孔子所讲的"学"不仅是指向"书本"学，而且更重要的是向"实践"学，在"实践"中学。

——读书，要抓住重点地读。一本书是个整体，但其中会有主有次，应当抓住重点。《论语》的重点有二：一是"仁"，一是"学"。"仁"是孔子希求人能达到的最高境界，而"学"是达到此一境界的道路。当然，再深入下去，孔子学说的精髓是"中""中道""中行""中庸"，而所有这一切的基础是诚信。《论语》中的"忠"主要含义是"诚"。

——读书，要下学上达地读。一本书、一篇文、一段话，它的论述往往是针对在当时条件下具体的事情，在形而下的层面上，读者还应抽象到形而上的层面上去理解。《论语》讲治国要"君君，臣臣，父父，子子"，今天就可理解为：各应在其位，各应谋其政。

——读书，要联系实际地读。读书，我不赞成统统要"立竿见影"，社会急需的而自己又能做的当然就尽快尽力去做。日本近代著名的企业风云人物涩泽荣一（1840—1931），日本人誉之为日"企业之父""金融之王""近代经济的最高指导者"，他总结办企业成功经验的书，题为《〈论语〉加算盘》。《论语》喻义——文化，算盘喻利——经济，他办企业成功之本就是将义与利、文化与经济、士魂与商才紧密结合起来。他讲："有士魂尚需有商才，无商才会招来灭亡之运，舍道德之商才根本不是商才，商才不能背离道德而存在。因此，论道德之《论语》自应成为培养商才之圭臬。""以《论语》为处世之金科玉律，经常铭之座右而不离。"《论语》对商场尚且如此，对社会其他方面的重要性更可想而知！

我校涂又光先生是冯友兰先生的高足。冯先生逝世后的遗稿，无论是中文的还是英文的，均由涂先生定稿。涂先生常讲："在基督教世界，每个人都要读一本书，《圣经》；在伊斯兰教世界，每个人都要读一本书，《古兰经》。我们中国呢？我看至少知识分子至少要读两本书，《老子》、《论语》。"后来，我看到任继愈先生也有类似的讲法。正因为如此，我任校长后，硬是挤时间熟读熟背了《老子》，受益匪浅。读《老子》，以老解老，我读出了什么？讲得概括一点，就是"自然""无为"四个字。柳宗元《种树郭橐驼传》一文或许是对《老子》一个很好的诠释。当然，这四个字远不能包括《老子》的全部内容。"自然""无为"就是实事求是，求真务实，一切应全面而协调地按客观规律办事。柳宗元讲得很形象很深刻："顺木之天，以致其性"，就成功；而"好烦其令，而卒以祸"，就失败。

文化，本质上就是"人化"，就是以"文"化"人"。人能从动物人变成社会人，从野蛮人进步为文明人，从低级文明人发展为高级文明人，靠的就是文化。人创造了文化，文化也创造了人。文化是人类社会的基因。一切的创新都是从文化创新开始的，而一切文化的创新又是从知识创新开始的。文化的载体是知识，知识的载体至今主要仍是书本。高尔基有句话讲得很深刻："热爱书吧，这是知识的源泉！"莎士比亚讲得更生动："书籍是全世界的营养品。生活没有书籍，就好像没有阳光；智慧里没有书籍，就好像鸟儿没有翅膀。"

知识是重要的。西方哲学家有句名言："知识就是力量。"这一名言不十分确切。如从反面讲，"没有知识就没有力量"，这就确切了。没有知识这一载体，哪里还有文化？"好好学习，天天向上"，这里的学习，首先就是学习知识，当然不只是学习知识。知识承载了文化，即不仅承载知识本身，而且承载了文化应有的内涵。明代鹿善继在《四书说约》中讲得很对："读有字的书，却要识没字理。"读以文字表达的知识，但是通过知识去理解没有以文字表达的知识所承载的"理"——文化内涵，首先是思维与方法。知识是文化的载体，而思维是文化的关键，方法是文化的根本。没有思维的知识是僵死的知识，一个高级的书呆子，就像一本大辞典，内容浩瀚，但创造不出任何新的知识。人若如此，他只会照章办事，纸上谈兵，一害他人，二害自己。郭沫若深刻地指出："人是活的，书是死的。活的人

· 跟着名家好读书 ·

读死书，可以把书读活。死书读活人，可以把人读死。"关键在于有思维，这就是"人为万物之灵"的本质。有了思维，知识才活了，能够发展，能够创新，能够超越自己。文化之所以成为人类社会的基因，就在于文化的精神，能不断追求文化本身，使之更深刻、更普适、更永恒，或者讲，更加求真、务善、完美、创新。因此，读书需要对已有的文化理解、领悟，进一步反思、怀疑、批判，尔后发展。不论是同客观世界、物质世界、康德所讲的他敬畏与惊赞之一的"头上的星空"这个世界紧密相连的科学文化，还是同主观世界、精神世界、康德所讲的他所敬畏与惊赞之一的"心中的道德法则"这个世界紧密相连的人文文化，它们的精神层面是一致的。不过前者侧重于求真务实，后者侧重于求善务爱而已，两者最终追求的都是完美、创新。教师教书，我们读书，就是要通过授（受）业，即传授（接受）知识，在这一基础上，去解惑，即启迪思维，了解方法，从而在前两者的基础上，去传道，即升华精神。但是，授（受）业、解惑、传道这三者又不可分割，彼此渗透，相互支持，形成一体。应该说，授（受）业是基础，解惑是关键，传道是根本。正因为解惑是关键，所以朱熹在《朱子语类·读书法》中讲了一句意味深长的话："读书无疑者，须教有疑；有疑者，却要无疑，到这里方是长进。"

科学文化与人文文化，它们所紧密相连的世界不同，从而它们的功能不同，形态互异：科学文化是"立世之基""文明之源"，不按照客观规律办事，必然失败，不能立于世；按客观规律办事的科学技术是第一生产力，推动文明进步。人文文化是"为人之本""文明之基"，违背人类社会道德法则，必遭社会唾弃，人不成为"人"，文明会成为野蛮。《周易·贲卦》讲得对："文明以止，人文也。"正因科学文化紧密同客观实际、客观规律相联，要求真，所以在形态上，知识主要是一元的，思维主要是严密逻辑的，方法主要是系统实证的，精神主要是求真务实的。科学文化可以说是一个知识体系，要符合客观实际、客观规律。而人文文化大不尽然，它紧密同精神世界、最终关怀相联，不仅是一个知识体系，还是一个价值体系，从而它的知识不一定是一元的，往往是多元的，思维不一定是逻辑的，往往是直觉、顿悟、形象的，方法不一定是实证的，往往是体验的，精神主要是求善务爱的。正因为两者的形态不同，就各有所长，各有所短。例如，科学文化的思维与方法极为严谨，保证了它的正确性；而人文文化的思维与方法极为开放，不拘一格，保证了它的原创性。过于严谨，就会呆板，失去原创性。过于不拘一格，就会狂妄，失去理性。所以，在20世纪40年代清华大学梁思成教授鉴于文理分科过重，就明确指出，这只能培养"半个人"。我国有见识者一再提出，我国教育规划纲要也已明确提出，要"文理交融"。历史已证明，不仅在高等教育中，学"文"的应学点"理"，学"理"的应学点"文"，而且还应反对在中学教育中文理分科、偏科。中学这种文理分科所举的"因材施教"是个幌子，主要是为了"应考"，更何况这种分科十分有害于人文精神与科学精神的培育这一根本大计。培根讲得很细："读史使人明智，读诗使人灵秀，数学使人周密，科学使人深刻，伦理学使人庄重，逻辑修辞之学使人善辩；凡有所学，皆成性格。"这段话的后八个字讲得多深刻。所以，即使在高等教育中，学文科的也应该读些理科的书，学理科的应

·跟着名家好读书·

该读些文科的书。还要提到一点，在当前急功近利、浮而不实，乃至学术诚信缺乏的社会气氛中，有些学文的未必真有人文功底，未必真的了解人文精神，有些学理的未必真有科学功底，未必真的了解科学精神。

汉代刘向有句话："书犹药也，善读可以医愚。"善读，固然要博览，更要有重点。善读，力求"开卷有益"。叔本华也讲得对："我们读书之前应谨记'不要滥读'的原则……不如用宝贵的时间专读伟人已有定评的名著，只有这些书才是开卷有益的。"善读，名著要反复读。苏轼讲得深刻："旧书不厌百回读，熟读深思子自知。"

当今的时代，是开放的时代，是多元文化激荡的时代，是科学技术迅猛发展的时代，是知识数量暴增的时代。面对风云瞬息万变的时代，需要学习，需要读书，需要读好书，做好人。

（选自《光明日报》，2012 年 4 月 24 日）

爱书、释书、疑书

王 蒙

　　读书要趁早。越是年轻时，读书印象越深。比如现在我有时候还写旧诗，大致合乎规则，还是靠小时候背诵《唐诗三百首》等书的"老底"。第二，要超前读书。就是你要读一点感到费劲的书，一下子不完全懂的书。读书可以有各种选择，有人是怎么舒服怎么读，我并不反对这种读书。不过，读书不能仅限于娱乐消遣。最好还是读点费劲的书，而且费劲读下来的书，往往是最有趣的，也是一种积累。所以我说要加码读书，加码读书我们中国有一个词，叫作"攻读"，攻就是进攻，跟攻城一样。攻读，是抱着一种作战的英勇，全身心紧张起来读书。这种读书，最后会让你受益匪浅。

　　读什么样的书的确是个问题。我有几个建议。第一，要读经典，经典是经过历史考验的。第二，要掌握足够的工具书，比如字典、辞典、辞源、辞海、牛津字典、百科全书。第三，如果有可能的话，读一点外文书。读一点外文书和不读外文书在精神状态上会有一点差别。就是说，你会变得心灵更开放。你多了一双眼睛，不仅能看得懂汉字，还能看得懂一点外文；你多了一双耳朵，不仅能听得懂汉语，也能听得懂外语；你多

・跟着名家好读书・

了一条舌头，不仅能说中文，也能说一些外语或者少数民族语言。

读书要爱书、释书、疑书。读书有两种：一种是死读书，读死书，读书死；一种是活读书，读活书，读书活。要想活读书，通俗来说，就得理论联系实际。我一直觉得，书的魅力在于它对生活有所发现；而生活的魅力之一，在于能发展书中的知识和思想。比如说，有时候我们个人可能在最顺利的时候，恰恰发生了一些变故，但是如果你读过辩证法，就会明了，许多人生感悟，古人早已有之。其次，得有个多取向的思路。世界上许多事情都不是单线的，从A到B是一种思考，从B到A又是一种思考，如果你能反复地思考、比较、对证，你对一本书的理解，以及自己的思想就会丰富许多。比如我们过去常常讲，"大河不满小河干，小河不满渠沟干"。这句话当然是对的，但是如果思考一下，反方向的道理是否也能站得住脚？就是如果渠沟里面没有水，小河里面也没有水，那你大河的水，是怎么来的呢？

读书是一种享受，是一种生活方式，也是一种风度。我们这个时代之所以出现一些浮躁的风气，很重要的一方面，是一些人不读书，缺乏应有的风度，缺乏对事物的专注之心。举个例子来说，遥控器的发明让我们的生活变得十分方便。但是在20世纪90年代初期，美国就有学者认为，遥控器造成了一部分青年人的浮躁、不能集中注意力。譬如说看电视，他会不停地用遥控器换频道，弄不好一晚上都不清楚到底看了些什么，互联网的链接功能也是这样，一晚上转来转去，都浏览了什么，自己也记不清了。如果一个人无法适当沉潜下来读读书，你的风度、教养会打些折扣。书生气在中国有时候是一个贬义词，但是我觉得适当有一些书生气是可爱的，一点书生气都没有，我也就只能敬而远之了。

（选自《秘书工作》，2006 年第 5 期）

读好书益寿

宁生录

　　读书益寿，许多学者已进行了探索，并初步得出了结论。笔者只在"书"前加个"好"加以限定。书如药，有砒霜，也有蜂蜜，既可治病益寿，也可致病害人。因此，在读书的时候有所选择，这是读书益寿的一个前提。好书是能给人以知识，陶冶人的情操，提高人的精神境界的书。什么是好书，什么是坏书，目前尚不能下一个严格的定义。但至少可以这样看，凡是对人不起积极作用的书是不会健身益寿的。例如当今一些"枕头加拳头"的作品，这类东西裹挟着胳膊大腿，刀光剑影，读起来令人心惊肉跳，神经和心理均得不到积极的影响，非但对人寿无益，甚至会引人入泥坑邪路。凡是能给人以知识、陶冶人的情操、提高人的精神境界的书，才能真正益寿延年。读这类书，才能真正益寿延年。

　　读好书益寿是有其理论根据的。我国清代著名戏剧家、养生家李渔告诫世人："惟好书，忧藉以消；怒藉以释；牢骚不平之气藉以除。"这确是经验之谈。好书对于人的大脑是一个良性刺激。现代医学研究表明，大脑神经细胞在新的刺激下能萌发新的脑神经。好书对人的大脑是一个良性刺激。现代医学研究还表明，旧的大脑神经细胞在新的刺激下能萌发新的突触联系。专家们用超声波测量不同人的大脑，发现善于读书研究的人，其脑血管经常处于舒展状态，脑神经得到充分的濡养，大脑不会早衰。据日本的医学研究报告指出，用电子计算机 X 线断层摄影法拍得人脑体积变化比较说明，经常阅读思考的脑力劳动者，比阅读少的同龄人大脑萎缩少，空洞也少。英国的一些神经学家也指出，阅读少，大脑受的训练也就少，衰老就快。

读好书对人的情绪也是一个良好的调节。从生理学上看，情绪对人的衰老起着关键的作用，对于疾病的产生同样也是重要的。情绪不好，中枢神经系统调节发生代谢紊乱，结果就促进了疾病产生或发生衰老变化。阅读好书正是一种比较好的调节方法。瑞典神经病理学家亚罗勃·比尔斯特列据此原理倡导了"读书疗法"，这种疗法首先在德国，继而在苏联得到广泛的应用和推广，并被证实方法简便，效果良好。我国一位学者谈到自己的体验时说："何以解忧？唯有学习！发愁的时候，更孤独无助的时候，一头扎进学习的海洋，抑郁之情便荡然无存。能变不知为知的读书活动，实在是一种解忧养生的最好处方。"

读好书益寿的例子在中外历史上屡见不鲜。中国古代的思想家墨子一生酷爱读书，修身养性，寿至九十二岁而终；清代著名文学家蒲松龄，一生博览群书，古稀之年仍身心健康，耳聪目明。近代著名的教育家、革命老人徐特立认为，"生命在于运动"这句话的内涵不仅指体力运动，还包括"脑力运动"。经常勤奋用脑的人，输入大脑的血液和氧气就充足，因而使脑细胞的发育和活力加强，衰老的速度就慢。在他晚年期间，人们怕他看书会影响健康而劝他注意身体时，他却认为，老年人用脑不仅能保护和维持原有的脑细胞功能，更重要的是还能积极地改善和增强脑功能。1958年，他写了一篇《劳力与劳心并进 手与脑并用》的文章，教育青年人要全面得到锻炼。他一生中的特殊爱好是藏书、读书，藏书达两万册以上。他广泛地阅读中医、哲学、教育学、政治经济学、历史学、地理学、语言学、逻辑学。写了不少读书笔记。这种孜孜不倦，认真看书学习的精神，一直坚持到晚年没有懈怠，直到九十二岁去世。九三学社中央委员会名誉主席许德珩认为，阅读写作有助于保持大脑的良好功能，他每天起床后要在台历芯上把昨天一天的活动和有关情况作为日记记下来，到九十七岁时，仍思维清楚，有条理，终年一百岁。

外国的专家学者对读书与寿命的关系做了许多有益的探索，日本的长寿专家从职业角度分析，认为最长寿的是哲学家，其次是科学家、艺术家。瑞士的长寿专家认为，读书学习是保健性理解力。美国的学者给人预测寿命时，认为获得博士学位的人应加三岁。各方面专家分析研究后比较一致的结论是：读书是促进健康长寿的良方。不仅如此，外国历史上因酷爱阅读，好学长寿的也比比皆是。如英国思想家罗素活了九十八岁，直到去世时仍在阅读写文章；英国作家萧伯纳九十三岁仍在写剧本；以九十五岁高龄辞世的英国科学家李约瑟也是坚持阅读写作直到临终；俄国的老托尔斯泰和英国前首相丘吉尔八十二岁时还奋力写书；歌德写《浮士德》时已八十一岁。

由此可见，"活到老，学到老"。"活"和"学"是个正向促进关系。"活"促进了"学"，"学"又促进了"活"。这种正向促进关系随着年龄的增长而日益加强。人如果不注意阅读学习，知识经验在脑细胞之间的联系会弱化，以致消失，这是大脑"废用性萎缩"的根本原因。老一辈革命家董必武在年近七十岁时，赋诗明志，表露了自己渴望学习的心愿："老来愈知学不足，春来弥觉物增妍。"他坚持学习阅读直到九十多岁去世。

尽管健康长寿是个综合因素，但读书确是其重要因素之一。坚持读有益的书，健脑益智，促进了人自身精神世界的充实和完善，从而促进了人自身的健康；人的精神世界的充实、完善和人自身的健康，促使人在客观世界中得到更多的自由，从而活得更愉快、更有价值。还是开题的话：读好书吧！读好书益寿。

（选自《家庭医学》，1996 年第 5 期）

跟着名家好读书 ·

好读书与读好书

周国平

围绕读书，各地常举办种种热闹的活动。我的担心是，当这些热闹沉寂下去了，那些不爱读书的人一如既往地不爱读书。当然，那些爱读书的人也一如既往地爱读书。我发表这些论读书的文字，意图是和后者交流。

好读书

人的癖好五花八门，读书是其中之一。但凡人有了读书的癖好，就能够使人获得一种更为开阔的眼光，一个更加丰富多彩的世界。

一个人怎样才算养成了读书的癖好呢？我觉得倒不在于读书破万卷，一头扎进书堆，成为一个书呆子。重要的是一种感觉，即读书已经成为生活的基本需要，不读书就会感到欠缺和不安。宋朝诗人黄山谷有一句名言："三日不读书，便觉语言无味，面目可憎。"如果你三日不读书，就感到自惭形秽，羞于对人说话，觉得没脸见人，则你必定是一个有读书癖的人了。

读者是一个美好的身份。历史上有许多伟大人物，在他们众所周知的声誉背后，往往有一个人所不知的身份，便是终身读者，即一辈子爱读书的人。

在很大程度上，人类精神文明的成果是以书籍的形式保存的，而读书就是享用这些成果并把它们据为己有的过程。质言之，做一个读者，就是加入到人类精神文明的传统中去，做一个文明人。相反，对于不是读者的人来说，凝聚在书籍中的人类精神财富等于不存在，他们不去享用和占有这笔宝贵的财富，一个人唯有在成了读者以后才会知道，这是多么巨大的损失。

读书唯求愉快，这是一种很高的境界。关于这种境界，陶渊明做了最好的表述："好读书，不求甚解。每有会意，便欣然忘食。"不过，我们不要忘记，在《五柳先生传》中，这句话前面的一句话是："闲静少言，不慕荣利。"可见要做到出于性情而读书，其前提是必须有真性情。

以愉快为基本标准，这也是在读书上的一种诚实的态度。无论什么书，只有你读时感到了愉快，使你发生了共鸣和获得了享受，你才应该承认它对于你是一本好书。哪怕是专家们同声赞扬的名著，如果你不感兴趣，便与你无干。不感兴趣而硬读，其结果只能是不懂装懂，人云亦云。据我所见，凡是真正把读书当作享受的人，必有自己鲜明的好恶，而且对此心中坦荡，不屑讳言。

对今天青年人的一句忠告：多读书，少上网。你可以是一个网民，但你首先应该是一个读者。如果你不读书，只上网，你就真成一条网虫了。称网虫是名副其实的，整天挂在网上，看八卦，聊天，玩游戏，精神营养极度不良，长成了一条虫。

互联网是一个好工具，然而，要把它当工具使用，前提是你精神上足够强健。否则，只能是它把你当工具使用，诱使你消费，它赚了钱，你却被毁了。

书籍是人类经典文化的主要载体。一个不读书的人是没有根的，他对人类文化传统一无所知，本质上是贫乏和空虚的。

对我们影响最大的书往往是我们年轻时读的某一本书，它的力量多半不缘于它自身，而缘于它介入我们生活的那个时机。那是一个最容易受影响的年龄，我们好歹要崇拜一个什么人，如果没有，就崇拜一本什么书。后来重读这本书，我们很可能会对它失望，并且诧异当初它何以使自己如此心醉神迷。但我们不必惭愧，事实上那是我们的精神初恋，而初恋对象不过是把我们引入精神世界的一个诱因罢了。当然，同时它也是一个征兆，我们早期着迷的书的性质大致显示了我们的精神类型，预示了我们后来精神生活的走向。

世人不计其数，知己者数人而已，书籍汪洋大海，投机者数本而已。我们既然不为只结识总人口中一小部分而遗憾，那么也就不必为只读过全部书籍中一小部分而遗憾了。

读好书

费尔巴哈说：人就是他所吃的东西。至少就精神食物而言，这句话是对的。从一个人的读物大致可以判断他的精神品级。一个在阅读和沉思中与古今哲人文豪倾心交谈的人，与一个只读明星趣闻和凶杀故事的人，当然有着完全不同的内心世界。我甚至要说，他们也是生活在完全不同的外部世界上，因为世界本无定相，它对于不同的人呈现不同的面貌。

严格地说，好读书和读好书是一回事，在读什么书上没有品位的人是谈不上好读书的。所谓品位，就是能够通过阅读而过一种心智生活，使你对世界和人生的思索始终处在活泼的状态。世上真正的好书，都应该能够发生这样的作用，而不只是向你提供信息或者消遣。

有人问一位登山运动员为何要攀登珠穆朗玛峰，得到的回答是："因为它在那里。"别的山峰不存在吗？在他眼里，它们的确不存在，他只看见那座最高的山。爱书者也应该有这样的信念：非最好的书不读。让我们去读最好的书吧，因为它在那里。

攀登大自然的高峰，我们才能俯视大千，一览众山小。阅读好书的效果与此相似，伟大的灵魂引领我们登上精神的高峰，超越凡俗生活，领略人生天地的辽阔。

世上书籍如汪洋大海，再热衷的书迷也不可能穷尽，只能尝其一瓢，区别在于尝哪一瓢。读书是一件非常私人的事情，喜欢读什么书，不论范围是宽是窄，都应该有自己的选择，体现了自己的个性和兴趣。其实，形成个人趣味与养成读书癖好是不可分的，正因为找到了和预感到了书中知己，才会锲而不舍，欲罢不能。没有自己的趣味，仅凭道听途说东瞧瞧，西翻翻，连兴趣也谈不上，遑论癖好。

优秀的书籍组成了一个伟大宝库，它就在那里，属于一切人而又不属于任何人。你必须走进去，自己去占有适合于你的那一份宝藏，而阅读就是占有的唯一方式。对于没有养成阅读习惯的人来说，它等于不存在。人们孜孜于享用人类的物质财富，却自动放弃了享用人类精神财富的权利，竟不知道自己蒙受了多么大的损失。

人类历史上产生了那样一些著作，它们直接关注和思考人

· 跟着名家好读书 ·

类精神生活的重大问题，因而是人文性质的，同时其影响得到了许多世代的公认，已成为全人类共同的财富，因而又是经典性质的。我们把这些著作称作人文经典。在人类精神探索的道路上，人文经典构成了一种伟大的传统，任何一个走在这条路上的人都无法忽视其存在。

人文经典是一座圣殿，它就在我们身边，一切时代的思想者正在那里聚会，我们只要走进去，就能聆听到他们的嘉言隽语。就最深层的精神生活而言，时代的区别并不重要，无论是两千年前的先贤，还是近百年来的今贤，都同样古老，也都同样年轻。

古往今来，书籍无数，没有人能够单凭一己之力从中筛选出最好的作品来。幸亏我们有时间这位批评家，虽然它也未必绝对智慧和公正，但很可能是一切批评家中最智慧和最公正的一位，多么独立思考的读者也不妨听一听它的建议。所谓经典，就是时间这位批评家向我们提供的建议。

经典属于每一个人，永远不属于大众。每一个人只能作为有灵魂的个人，而不是作为无个性的大众，才能走到经典中去。如果有一天你也陶醉于阅读经典这种美妙的消遣，你就会发现，你已经距离一切大众娱乐性质的消遣多么遥远。

在我看来，真正重要的倒不在于你读了多少名著，古今中外的名著是否读全了，而在于要有一个信念，便是非最好的书不读。有了这个信念，即使你读了许多并非最好的书，你仍然会逐渐找到那些真正属于你的最好的书，并且成为它们的知音。事实上，对于每个具有独特个性和追求的人来说，他的必读书的书单绝非照抄别人的，而是在他自己阅读的过程中形成的，这个书单本身也体现出了他的个性。

我要庆幸世上毕竟有真正的好书，它们真实地记录了那些优秀灵魂的内在生活。不，不只是记录，当我读它们的时候，我鲜明地感觉到，作者在写它们的同时就是在过一种真正的灵魂生活。这些书多半是沉默的，可是我知道它们存在着，等着我去把它们一本本打开，无论打开哪一本，都必定会是一次新的难忘的经历。读了这些书，我仿佛结识了一个个不同的朝圣者，他们走在各自的朝圣路上。

智力活跃的青年并不天然地拥有心智生活，他的活跃的智力需要得到鼓励，而正是通过读那些使他品尝到了智力快乐和心灵愉悦的好书，他被引导进入了作为一个整体的人类心智生活之中。

读那些永恒的书，做一个纯粹的人。

有的人生活在时间中，与古今哲人贤士相晤谈。有的人生活在空间中，与周围邻人俗士相往还。

历史上常常有这样的情形：一本好书在评论界遭冷落或贬斥，却被许多无名读者热爱和珍藏。这种无声的评论在悠长的岁月中发挥着作用，归根结底决定了书籍的生命。

不同的书有不同的含金量。世上许多书只有很低的含金量，甚至完全是废矿，可怜那些没有鉴别力的读者辛苦地去开凿，结果一无所获。

含金量高的书，第一言之有物，传达了独特的思想或感受，第二文字凝练，赋予了这些思想或感受以最简洁的形式。这样的书自有一种深入人心的力量，使人过目难忘。

我的体会是，读原著绝对比读相关的研究著作有趣，在后

· 跟着名家好读书 ·

者中，一种思想的原创力量和鲜活生命往往被消解了，只剩下了一副骨架，躯体某些局部的解剖标本，以及对于这些标本的博学而冗长的说明。

大师绝对可爱无比也更加平易近人，直接读原著是通往智慧的捷径。这就像在现实生活中，真正的伟人往往更容易接近，困难恰恰在于怎样冲破周围那些小人物的阻碍。可是，在阅读中不存在这样的阻碍，经典名著就在那里，任何人想要翻开都不会遭到拒绝。

书太多了，我决定清理掉一些。有一些书，不读一下就扔似乎可惜，我决定在扔以前粗读一遍。我想，这样也许就对得起它们了。可是，属于这个范围的书也非常多，结果必然是把时间都耗在这些较差的书上，而总也不能开始读较好的书了。

所以，正确的做法是，在所有的书中，从最好的书开始读起。一直去读那些最好的书，最后当然就没有时间去读较差的书了，不过这就对了。

在一切事情上都应该如此。世上可做可不做的事是做不完的，永远要去做那些最值得做的事。

也许没有一个时代拥有像今天这样多的出版物，然而，很可能今天的人们比以往任何时候都阅读得少。在这样的时代，一个人尤其必须懂得拒绝和排除，才能够进入真正的阅读。

（选自《政策》，2012 年第 5 期）

第四篇　金针度人

　　工欲善其事，必先利其器。过河得用船，读书须得法。读书不得法，要么雾里看花，要么缘木求鱼，终归死读书、读书死。古人说得好："取法其上，得乎其中；取法其中，得乎其下。"如今人类已进入网络时代，知识迭代更新快，网络信息爆炸是常态，不会读书的人势必迟早会迈进文盲行列。习近平同志2009年5月13日在中央党校2009年春季学期第二批进修班暨专题研讨班开学典礼上的讲话强调："读书不仅要有明确的目标、有不移的恒心，还要提高读书效率和质量，讲求读书方法和技巧，在爱读书、勤读书、读好书、善读书中提高思想水平、解决实际问题、实现自我超越。"

　　本篇精选吕思勉、顾颉刚、林语堂、严济慈、曹禺、华罗庚、蒋学模、吴小如、杨振宁、冯其庸、李政道等15位名家，纵谈读书方法与技巧方面的美文，堪称度人金针，希望启迪大家博采众长，并在实践中形成最适合自己的科学读书法。只有这样，才能在读书学习中事半功倍，并在浩如烟海的征途中读有所获、学有大成。

如何读国学著作

梁启超

中国学问界，是千年未开的矿穴，矿苗异常丰富，但非我们亲自绞脑筋、绞汗水，开不出来。反过来看，只要你绞一分脑筋、一分汗水，当然还你一分成绩，所以有趣。

所谓中国学问界的矿苗，当然不专指书籍，自然界和社会实况，都是极重要的。但书籍为保存过去原料之一种宝库，且可以为现在各实测方面之引线。就这点看来，我们对书籍之浩瀚，应该欢喜、谢它们，不应该厌恶它们。因为我们的事业比方要开工厂，原料的供给自然是越丰富越好。

读中国书，自然像披沙拣金，沙多金少。但我们若把其作原料看待，有时寻常人认为极无用的书籍和语句，也许有大功用。须知工厂种类多着呢，一个厂里头得有许多副产物哩，何止金有用，沙也有用。

若问读书方法，我想向诸君上一个条陈。这方法是极陈旧的，极笨极麻烦的，然而实在是极必要的。什么方法呢？是抄录或笔记。

读一部名著，看见他（名著的作者）征引那么繁博，分析那么细密，我们动辄伸着舌头说道："这个人不知有多好的记忆力，记得许多东西，这是他的特别才能，我们不能学步了。"
其实哪里有这回事？好记性的人不见得便有智慧，有智慧的人
倒是记性不甚好。你所看见的是他发表出来的成果，不知道他
这成果原是从铢积寸累、困知勉行得来的。大抵凡一个大学者
平日用功，总是有无数小册子或单纸片，读书看见一段资料觉
其有用者即刻抄下（短的抄全文，长的摘要记书名、卷数、页
数）。资料渐渐积得丰富，再用眼光来整理、分析，便成为一部
名著。想看这种痕迹，读赵瓯北的《廿二史札记》、陈兰甫的
《东塾读书记》最容易看出来。

这种工作笨是笨极了，苦是苦极了，但真正做学问的人总
离不了这条路。做动植物研究的人懒得采集标本，说他会有新
发明，天下怕没有这种便宜事。

发明的最初动机在注意，抄书便是提醒注意及继续保存注
意的最好方法。当读一书时，忽然感觉这一段资料可注意，把
它抄下，这段资料自然有一微微的印象印入脑中，和滑眼看过
不同。经过这一番后，碰着第二个资料和这个有关系的，又把
它抄下，那注意便"加浓一度"。经过几次之后，每翻一书，遇
有这项资料，便活跃在纸上，不必劳神费力去找了。这是我多
年经验得来的实况，诸君试拿一年工夫去试试，当知我不说谎。

先辈每教人不可轻言著述。因为未成熟的见解公布出来，
会自误误人，这原是不错的。但青年学生"斐然有述作"之志，
也是实际上鞭策学问的一种妙用。譬如同是读《文献通考》的
《钱币考》，各史《食货志》中钱币项下各文，泛泛读去，没有
什么所得。倘若你一面读，一面打主意做一篇《中国货币沿革
考》，这篇考做得好不好是另一问题，你所读的自然加几倍受

用。譬如同读一部《荀子》，甲泛泛读去，乙一面读，一面打主意做部《荀子学案》。读过之后，两个人的印象深浅自然不同。所以我很劝勉青年好著书的习惯。至于著的书，拿不拿给人看，什么时候才认作成功，这还不是你的自由吗？

每日所读之书，最好分两类：一类是精读的，一类是涉览的。因为我们一面要养成读书心细的习惯，一面要养成读书眼快的习惯。心不细则毫无所得，等于白读；眼不快则时候不够用，不能博搜资料。诸经、诸子、四史等书，宜人精读之部，每日指定某时刻读它们。读时一字不放过，读完一部才读别部，想抄录的随读随抄。另外指出一时刻，随意涉览。觉得有趣，注意细看；觉得无趣，便翻次页。遇有想抄录的，也俟读完再抄，当时勿窒其机。

诸君勿因初读中国书勤劳大而结果少，便生退悔。因为我们读书，并不是想专向现时所读这一本书里讨现钱、现货的，得多少报酬，最要紧的是涵养成好读书的习惯和磨炼出好记忆力的脑力。青年期所读各书，不外借来做实现这两个目的的梯子。我所说的前提倘若不错，则读外国书和读中国书当然都各有益处。外国名著，组织得好，易引起兴味，它们的研究方法，整整齐齐摆出来，可以做我们的模范，这是好处；我们滑眼读去，容易变成享现成福的少爷们，不知甘苦来历，这是坏处。中国书未经整理，一读便是一个闷头棍，每每打断兴味，这是坏处；逼着你披荆斩棘，寻路来走，或者走许多冤枉路，从甘苦阅历中磨炼出智慧，得苦尽甘来的趣味，那智慧和趣味都最真切，这是好处。

还有一件，我在前项书目表中有好几处写有"希望熟读成诵"字样，我想诸君或者以为甚难，也许反对说我顽旧，但我有我的意思。我并不是劝勉人勉强记忆，我所希望熟读成诵的书有两种：一种是最有价值的文学作品，一种是有益身心的格言。好文学作品是涵养情趣的工具，作为民族的一分子，总须对本民族的好文学作品十分领略，能熟读成诵，才在我们的下意识里头，得着根柢，不知不觉会"发酵"。有益身心的圣哲格言，一部分久已在我们全社会上形成共同意识，我们既作为这社会的分子，总要彻底了解它们，才不致和共同意识生隔阂。我们应事接物的时候，常常仗它们给我们光明，要平日记得熟，临时才用得着。所以，有些书我希望熟读成诵者在此，但亦不过一种格外希望而已，并不谓非如此不可。

（选自《中学生阅读（初中版）》，2021年第9期）

·跟着名家好读书·

读书的方法

吕思勉

读书第一要留心书上所说的话，是社会的何种事实，这是第一要义。这一着一差，满盘都没有是处了。在《书经》的《洪范篇》上，有"沉潜刚克，高明柔克"两句话。这两句话，是被向来讲身心修养的人，看作天性不同的两种人所走的两条路径的。其实讲研究学问的方法，亦不外乎此。这两种方法，前一种是深入于一事中，范围较窄，而用力却较深的；后一种则范围较广，而用功却较浅。这两种方法，前一种是造就专家，后一种则养成通才。固然，走哪一条路，是由于各人性情之所近，然其实是不可偏废的。学问之家，或主精研，或主博涉，不过就其所注重者而言，决不是精研之家，可以蔽聪塞明，于一个窄小的范围以外，一无所知；亦不是博涉之家，一味地贪多务得，而一切不能深入。

专门研究的书，是要用沉潜刚克的方法的。先择定一种，作为研究的中心，再选择几种，作为参考之用。这不关乎书的好坏，再好的书，也不能把一切问题包括无遗，至少不能同样注重。这是因为著者的学识，各有其独到之处，于此有所重，于彼必有所轻。每一种书中，必有若干问题，每一个问题，须有一个答案。这一个答案，就是这一种学问中应该明白的义理，我们必须把它弄清楚。而每一条义理，都不是孤立的，各个问题必定互相关联。把他们联结起来，就又得一种更高的道理，不但一种学问是如此，把各种学问联结起来，亦是如此。

基础的科学，我们该用沉潜刚克的法子，此外随时泛滥，务求其所涉者广，以恢廓我们的境界，发抒我们的意气的，则宜用高明柔克的法子。这种涉猎，能使我们的见解不局于一隅，不致为窗塞不通之论，亦是很要紧的。

两途并进，"俯焉日有孳孳"，我想必极有趣味。"日计不足，岁计有余"，隔一个时期，反省一番，就觉得功夫不是白用的了。程伊川先生说："不学便老而衰。"世界上哪一种人是没有进步的？只有不学的人。

（选自《阅读》，2021 年第 10 期）

怎样读书

顾颉刚

有人读书，只要随便翻翻就抛开了。有人读书，却要从第一个字看到末一个字才罢。其实两种方法都有道理，但终久只有一种方法是不对的。因为我们可以看的书籍太多了，倘使无论哪一部书都要从第一个字看到末一个字，那么，人的生命有限，一年能够读得多少部书呢？但有几部书是研究某种学问的时候，必须细读的，若只随便翻翻，便不能了解那种学问的意义。读书的第二件事，是要分别书籍缓急轻重，知道哪几部书是必须细读的，哪几部书是只要翻翻的，哪几部书只要放在架上不必动，等到我们用得着它的时候才去查考的。要懂得这个法子，只有多看书目，研究一点目录学。

我们的读书，是要借了书本上的记载寻出一条求知的路，并不是要请书本来管束我们的思想。读书的时候要随处会疑。换句话说，要随处会用自己的思想去批评它。我们只要敢于批评，就可分出它哪一句话是对的，哪一句话是错的，哪一句话是可以留待商量的。这些意思就可以写在书端上，或者写在笔记簿上。逢到什么疑惑的地方，就替它查一查。心中起什么问题，就自己研究一下。不怕动手，肯写肯翻，便可以养成自己的创作力。几年之后，对于这一门学问自然有驾驭运用的才干了。我们读书的第三件事，是要运用自己的判断力。只要有了判断力，书本就是给我们使用的一种东西了。宋朝的陆象山说："'六经'皆我注脚"，就是这个意思。

再有两件事情，也是应当注意的。其一，不可以有成见。以前的人因为成见太深了，只把经史看作最大的学问；经史以外的东西都看作旁门小道。结果，不但各种学问都被抑遏而不得发达，并且由于各种学问都不发达，就是经史的本身也不能研究得好。近来大家感到国弱民贫，又以为唯有政治经济之学和机械制造之学足以直接救国的，才是有用之学，其余都是无关紧要的装饰品。这个见解也是错误的。

其二，是应该多赏识。无论哪种学问，都不是独立的，与它关联的地方非常之多。我们要研究一种学问，一定要对别种学问有些赏识，使得逢到关联的地方可以提出问题，请求这方面的专家解决，或者把这些材料送给这方面的专家。以前有人说过，我们研究学问，应当备两个镜子：一个是显微镜，一个是望远镜。显微镜是对自己专门研究的一科用的；望远镜是对其他各科用的。我们要对自己研究的一科极尽精微，又要对别人研究的各科略知一二。这并不是贪多务博，只因为一种学问是不能独立的缘故。

（选自《艺术品鉴》，2021年第10期）

论读书

林语堂

　　读书本是一种心灵的活动，向来算为清高，所以读书向称为雅事乐事。但是现在雅事乐事已经不雅不乐了。今人读书，或为取资格，得学位，在男为娶美女，在女为嫁贤婿；或为做老爷，踢屁股；或为求爵禄，刮地皮；或为写讣闻，做贺联；或为当文牍，抄账簿……诸如此类，都是借读书之名，取利禄之实，皆非读书本旨。亦有人拿父母的钱，上大学，跑百米，拿一块大银盾回家，在我是看不起的，因为这似乎亦非读书的本旨。

　　今日所谈，亦非指学堂中的读书，亦非指读教授所指定的功课，在学校读书有四不可：（一）所读非书。学校专读教科书，而教科书并不是真正的书。今日大学毕业的人所读的书极其有限。然而读一部《小说概论》，到底不如读《三国》《水浒》；读一部历史教科书，不如读《史记》。（二）无书可读。因为图书馆存书不多，可读的书极有限。（三）不许读书。因为在课室看书，有犯校规，例所不许。倘是一人自晨至晚上课，则等于自晨至晚被监禁起来，不许读书。（四）书读不好。因为处处受训导处干涉，毛孔骨节，皆不爽快。且学校所教非慎思明辨之学，乃记问之学。记问之学不足为人师，《礼记》早已说过。书上怎样说，你便怎样答，一字不错，叫作记问之学。倘是你能猜中教员心中要你如何答法，照样答出，便得一百分，于是沾沾自喜，自以为西洋历史你知道一百分，其实西洋历史你何尝知道百分之一。学堂所以非注重记问之学不可，是因为便于考试。如拿破仑生卒年月，形容词共有几种，这些不必用头脑，只需强记，然学校考试极其便当，差一年可扣一分；然而事实上于学问无补，你们的教员，也都记不得。要用时自可在百科全书上去查。又如罗马帝国之亡，有三大原因，书上这样讲，你们照样记，然而事实上问题极复杂。有人说罗马帝国之亡，是亡于蚊子（传布寒热疟），这是书上所无的。今日所谈的是自由地看书读书：无论是在校，离校，做教员，做学生，做商人，做政客，有闲必读书。这种的读书，得以开茅塞，除鄙见，得新知，增学问，广识见，养性灵。读书的主旨在于排脱俗气。

至于语言无味（着重"味"字），那全看你所读的是什么书及读书的方法。读书读出味来，语言自然有味，语言有味，做出文章亦必有味。有人读书读了半世，亦读不出什么味儿来，那是因为读不合的书，及不得其读法。读书须先知味。这味字，是读书的关键。所谓味，是不可捉摸的，一人有一人胃口，各不相同，所好的味亦异，所以必先知其所好，始能读出味来。有人自幼嚼书本，老大不能通一经，便是食古不化勉强读书所致。袁中郎所谓读所好之书，所不好之书可让他人读之，这是知味的读法。若必强读，消化不来，必生疳积胃滞诸病。口之于味，不可强同，不能因我之所嗜好以强人。所以读书不可勉强，因为学问思想是慢慢怀胎滋长出来的。世上无人人必读之书，只有在某时某地某种心境下不得不读之书。有你所应读，我所万不可读，有此时可读，彼时不可读。即使有必读之书，亦绝非此时此刻所必读。见解未到，必不可读，思想发育程度未到，亦不可读。

有人读书必装腔作势，或嫌板凳太硬，或嫌光线太弱，这就是读书未入门，未觉兴味所致。有人做不出文章，怪房间冷，怪蚊子多，怪稿纸发光，怪马路上电车声音太嘈杂，其实都是因为文思不来，写一句，停一句。一人不好读书，总有种种理由。"春天不是读书天，夏日炎炎最好眠，等到秋来冬又至，不如等待到来年。"其实读书是四季咸宜。所谓"书淫"之人，无论何时何地可读书皆手不释卷，这样才成读书人样子。顾千里裸体读经，便是一例，即使暑气炎热，至非裸体不可，亦要读经。欧阳修在马上厕上皆可做文章，因为文思一来，非做不可，非必正襟危坐明窗净几才可做文章。一人要读书，则澡堂、马路、洋车上、厕上、图书馆、理发室，皆可读。

读书须有胆识，有眼光，有毅力。胆识二字拆不开，要有识，必敢有自己意见，即使一时与前人不同亦不妨。前人能说得我服，是前人是，前人不能服我，是前人非。人心之不同如其面，要脚踏实地，不可舍己从人。诗或好李，或好杜，文或好苏，或好韩，各人要凭良知，读其所好，然后所谓好，说得好的理由出来。或某名人文集，众人所称而你独恶之，则或系汝自己学力见识未到，或果然汝是而人非。学力未到，等过几年再读若学力已到而汝是人非，则将来必发现与汝同情之人。刘知几少时读前后汉书，怪前书不应有《古今人表》，后书宜为更始立纪，当时闻者责以童子轻议前哲，乃"赧然自失，无辞以对"，后来偏偏发现张衡、范晔等，持见与之相同，此乃刘知几之读书胆识。因其读书皆得之襟腑，非人云亦云，所以能著成《史通》一书。如此读书，处处有我的真知灼见，得一分见解，是一分学问，除一种俗见，算一分进步，才不会落入圈套，满口滥调，一知半解，似是而非。

（选自《艺术品鉴》，2021 年第 4 期）

· 跟着名家好读书 ·

读书主要靠自己

严济慈

　　读书主要靠自己，对于大学生来说尤其如此。读书有一个从低级向高级发展的过程，这就是听（听课）——看（自学）——用（查书）的发展过程。

　　听课，这是学生系统学习知识的基本方法。要想学得好，就要会听课。所谓"会听课"，就是能抓住老师课堂讲授的重点，弄清基本概念，积极思考联想，晓得如何应用。有的大学生，下课以后光靠死记硬背，应付考试，就学习不到真知识。我主张课堂上课认真听讲，弄清基本概念；课后多做习题。做习题可以加深理解，融会贯通，锻炼思考问题和解决问题的能力。一道习题也做不出来，说明还没有真懂；即使所有的习题都做出来了，也不一定说明你全懂了，因为你做习题有时只是在凑凑公式而已。如果知道自己懂在什么地方，不懂又在什么地方，还能设法去弄懂它，到了这种地步，习题就可以少做了。所谓"知之为知之，不知为不知，是知也"，就是这个道理。

　　一位学生，通过多年的听课，学到了一些基本的知识，掌握了一些基本的学习方法，又掌握了工具（包括文字的和实验的工具），就可以自己去钻研，一本书从头到尾循序地看下去，总可以看得懂。有的人靠自学成才，其中就有这个道理。

再进一步，到一定的时候，你也可以不必尽去看书，因为世界上的书总是读不完的，何况许多书只是备人们查考而不是供人们通读的。一个人的记忆力有限，总不能把自己变成一座会走路的图书馆。这个时候，你就要学会查书，一旦要用的时候就可以去查。在工作中，在解决某个问题的过程中，需要某种知识，就到某一部书中去查，查到你要看的章节。遇到看不懂的地方，你再往前面翻，而不必从头到尾逐章逐节地看完整部书。很显然，查书的基础在于博览群书。博览者，非精读也。如果你"闭上眼睛"，能够"看到"某本书在某个部分都讲到什么，到要用的时候能够"信手拈来"，那就不必预先去精读它，死背它了。

读书这种由听到看，再到用的发展过程，用形象的话来说，就是把书"越读越薄"的过程。我们读一本书应当掌握它的精髓，剩下的问题就是联系实际，反复应用，熟则生巧了。

那么，我们怎样理解对某个问题是否已弄懂了呢？其实，我们平时所谓的"懂"，大有程度之不同。你对某个问题理解得更透彻更全面时，就会承认自己过去对这个问题没有真懂。现在，真懂了吗？可能还会出现"后之视今，亦犹今之视昔"的情形。所以，"懂"有一个不断深入的过程。懂与不懂，只是相对而言的。这也就是"学然后知不足"的道理。

每个人都要摸索一套适合自己的读书方法，要从读书中去发现自己的长处，进而发扬自己的长处。有的人是早上读书效果最好，有的人则是晚上读书效果最好；有的人才思敏捷，眼明口快，有的人却十分认真严谨，遇事沉着冷静；有的人动手能力强，有的人逻辑思维好……总之，世上万物千姿百态，人与人之间也有千差万别，尽管同一位老师教上同样的课，但培养出来的人总是各种各样的，决不会是一个模子铸出来，像一个工厂的产品似的，完全一个模样。

归根结底，读书主要还是靠自己，有好的老师当然很好，没有好的老师，一个人也能摸索出适合自己的读书方法，把书读好。我这样说并不是说老师可以不要了，老师的引导是十分重要的。但是，即使有了好的老师，如果不经过自己的努力，不靠自己下苦功，不靠自己去摸索和创造，一个人也是不能成才的。

当今，在科学技术迅猛发展的时期，自然科学和社会科学更是密不可分，相互交叉，出现了不少边缘学科。所以理工科的学生，应该读点文科的书。同样，文科学生，也应该读点理工科的书。理工科的学生只有既懂得自然科学知识，又知道一些社会科学知识，既有自己专业的知识，又有其他学科的一般知识，这样才能适应现代社会的要求。

（选自《人民教育》，1980 年第 11 期）

略谈学好语文

苏步青

作为中国人，总要首先学好中国的语文。中国的语文有特别好的地方。譬如诗歌吧，"绿水"对"青山"，"大漠孤烟直"对"长河落日圆"，对得多么好！外国的诗虽也讲究押韵，但没有像中国诗歌这样工整的对偶和平仄韵律。一个国家总有自己的语言文字，作为中国人，怎能不爱好并学好本国的语文呢？

有人认为只要学好数理化就可以了，语文学得好不好没关系。这个看法不对。数理化当然重要，但语文却是学好各门学科的最基本的工具。语文学得好，有较高的阅读写作水平，就有助于学好其他学科，有助于知识的增广和思想的开展。反之，如果语文学得不好，数理化等其他学科也就学不好，常常是一知半解的。就是其他学科学得很好，你要写实验报告，写科研论文，没有一定的语文表达能力也不行。一些文章能够长期传下来，不仅因为它的内容有用，而且它的文字也是比较好的。再说，学习语文与学习外语的关系也很密切。有的同志科学上很有成就，但是要他把自己的论文译成英文，或者把英文译成中文，都翻译不好。中国的语言是很微妙的，稍不注意，就会词不达意。翻译要做到严复所提倡的"信、达、雅"很不容易。

所以，要学好外语，一定还要学好中文。

这样看来，学习语文太重要了。语文学得好不好，不但直接关系到青少年知识的增长，而且对整个民族的科学文化水平的提高和社会主义建设的进展有很大关系。我们要多跟青少年讲讲这些道理。青少年学习起来是很快的，我自己就有这样的体会。

我出生在穷乡僻壤，浙江平阳的山区。家前屋后都是山。我父亲是种田的，很穷，没念过书。但他常在富裕人家门口听人读书，识了一些字，还能记账。父亲很知道读书识字的好处，他对我们教育很严。每天晚上，父亲从田里劳动回来，吃过饭，就要查我们的功课。有一次，哥哥念不出，被父亲狠狠打了一顿，我见了很是害怕。我九岁那年，有一次，一个"足"字我不会解释。母亲生怕父亲回来打我，就站在村口找人问字，可是站到天黑，问了许多人，还是没人能解释这个字。幸而这天晚上我没挨打，也没挨骂。我们村里没有学校，十来个孩子请了个没考上秀才的先生教书。他教我们读《论语》，读《左传》。

十二岁那年，父亲送我到一百多里外平阳县城里的高等小学念书。我初到城里，对许多东西都很好奇，学习不用功，贪玩。到了学期结束，我考了个倒数第一名——我们那里叫"背榜"。记得那年，我曾做了首好诗，可老师不相信，说我是抄来的。后来老师查实了，知道确是我做的，就对我说："我冤枉你了。你很聪明，但不用功。你要知道你读书可不容易，你父亲是从一百多里路外挑了米将你送到这里来读书的……"这话对我刺激很深，从此我就发愤学习了。到了二年级，我从"背榜"跳到第一名。这以后，我不但学习勤勉，而且养成良好习惯，不论在少年时代还是在日本留学期间，我总是每晚 11 时睡觉，早上 5 时起床，虽严寒季节亦如此。

1915 年，我进了当时温州唯一的一所中学。那时，我立志要学文学、历史。一年级时，我用《左传》笔法写了一篇作文。老师把它列为全班第一，但又不完全相信是我写的。问我："这是你自己写的吗？"我说："是的。我会背《左传》。"老师挑了一篇让我背，我很快背出来了。老师不得不叹服，并说："你这篇文章也完全是《左传》笔法！"《史记》中不少文章我也会背，《项羽本纪》那样的长文，我也背得烂熟。我还喜欢读《昭明文选》。"暮春三月，江南草长，杂树生花，群莺乱飞。"（丘迟《与陈伯之书》）我欣赏极了。还有《资治通鉴》，共有二百多卷，我打算在中学四年里全部读完；第一年末，我已念完二十来卷。这时，学校来了一位因病休学从日本回来的杨老师。他对我说："学这些古老的东西没啥用，还是学数学好。"他将从日本带回来的数学教材翻译出来，让我学。第二年，学校又来了一位日本东京高中毕业的教师，他教我们几何，我很感兴趣，在全班学得最好。从此，我就放弃了学文学和历史的志愿而致力于攻读数学。但我还是喜欢写文章，四年级的时候，校长贪污，学生闹风潮，我带头写了反对校长的文章。

我后来成了数学专家，但仍然爱好语文。我经常吟诵唐宋诗词，也喜欢毛主席的诗词，特别是《七律·到韶山》这一首。"为有牺牲多壮志，敢教日月换新天。喜看稻菽千重浪，遍地英雄下夕烟。"毛主席把"为有"二字用活了。现在，每晚睡觉前，我总要花二三十分钟时间念念诗词，真是乐在其中也。一个人一天到晚捧着数学书或其他专业书，脑子太紧张了，思想要僵化的。适当的调节很重要，可以帮助你更好地学习专业。我写的诗也不少，但不是为了发表，大多是自娱之作。我从小打好了语文基础，这对我学习其他学科提供了很大的方便。我还觉得学好语文对训练一个人的思维很有帮助，可以使思想更有条理。这些对于我后来学好数学都有很大好处。

现在的学生语文基础不够扎实，古文学得太少。当然不一定都要读《论语》，但即使是《论语》，其中也有不少可学的。"学而时习之，不亦说乎"不是很好吗？"每事问"，不要不懂装懂，这也对。《古文观止》二百二十篇不一定要全部读，《前赤壁赋》《前出师表》等几篇一定要读。有些文章虽然是宣扬忠君爱国思想的，但辞章很好，可以学学它的文笔。此外，《唐诗三百首》《宋词选》中都有很多好作品，值得读。

读书，第一遍可先读个大概；第二遍、第三遍逐步加深体会。我小时候读《红楼梦》《西游记》《三国演义》都是这样。《聊斋》我最喜欢，不知读了多少遍。一起初，有些地方不懂，又无处查，我就读下去再说；以后再读，就逐步加深了理解。读数学书也是这样，要把一部书一下子全部读懂不容易。我一般是边读、边想、边做习题；到读最末一遍，题目也全部做完。读书不必太多，要读得精。要读到你知道这本书的优点、缺点和错误了，这才算读好、读精了。一部分也不是一定要完全读通、读熟；即使全部读通了、读熟了，以后不用也会忘记的。但这样做可以训练读书的方法，精读的方法，学习、掌握一本本书的思想方法和艺术性。

人的生命是短暂的，不过几十岁，但充分利用起来，这个价值是不可低估的。细水长流，积少成多；锲而不舍，金石可镂；坚持到底，就是胜利。学习语文也是这样。我对数学系的青年同志要求一直很严，一般要学四门外语。当然首先中文的基础要好。我还要他们挑选一本自己喜欢的文学书，经常看看、读读，当作休息。还有，青少年学写字很重要。字要写得正确，端端正正；正楷学好了再学行书或草书。这样，字才写得好。我经常收到青年来信，有的信上错别字连篇。有的连写信的常识也没有：信纸上称我"尊敬的苏老"。写了许多敬佩我的话，信封上却是写"苏步青收"。加一个"同志"不可以吗？我的孙子给我来信也是这样，我批评了他。第二次，他写成"苏步青爷爷收"，我又批评他：信封上的称呼主要是给邮递员同志看的，难道邮递员也能叫我爷爷吗？以后他改成"苏步青同志收"了。

　　总之，青少年时期的教育很重要。人在这个时期精力最旺盛，记忆能力、吸收能力都很强，不论学什么进步都比较快。要充分利用这个特点。我在青少年时期读书条件差，见识也少，到十七岁时才看见汽车、轮船。现在的青少年接触的东西多，见识广，可以看到各种图书资料，还能从广播、电视中学到不少知识；党和国家非常关怀青少年的学习，为青少年提供学习的方便。因此，要十分珍惜这样好的条件。

（选自《语文学习》，1979 年第 1 期）

读书的艺术

汪应文

　　"读书的艺术"这一题名中的"艺术"一词，并不是要把读书的活动比拟为绘画、雕刻或奏乐、跳舞等。它只是人们口头上的一个常语。人们总是把善于处理矛盾、化难为易、举重若轻、事半功倍而又胜任愉快地解决问题的，赞扬为"艺术"。读书如果能做到这样，就是很艺术了。然而做到这样是不容易的，必须读书的人自觉努力，认真锻炼。在锻炼中，广泛搜集信息，借鉴别人的经验是重要的。古今中外有关读书和读书方式方法的文字，汗牛充栋。还须对得到的信息经过一番加工，决不是无条件地接受它、使用它。首先是研究信息源的可靠性何如，其次是鉴定与分析信息的价值怎样，再次是抉择可以使用的是全部还是某一方面，最后才是采取措施，进入实践。

　　书的读法，根据人的脑力对信息加工的不同程度分：浏览、泛读（包括通读）、精读、抽读（或选读）、熟读五种。除第一种（浏览）可以而且应该施之于任何一书外，其余四种是各有其针对性的。

　　——浏览。就是粗略地、迅速地看一遍的意思。但粗略与迅速都是相对的概念，彼此间的差距是很大的。看看报纸的标题、翻翻杂志的目次是浏览，而略读一书的书名页和它的序跋、导言、目次、凡例，甚至书中的某一章节也是浏览，而二者间所费的脑力与时间便大不相同了。浏览是读书的前奏，某本书读不读和如何读，是在浏览时决定的。读一本新书，事前虽经师友的教导、目录的介绍，或得之其他信息渠道的指引，但在接触这一实物时，总要看它是个什么样子。除了从书名页上查证它的书名、著者、版本，是否与所传播的信息一致外，还得略读一下它的序跋、导言，了解该书的内容大概、著者编撰该书的目的、经过和他对读者的要求；再看看它的目次，了解该书的整个结构；看看它的凡例，了解该书编撰的体例、用法以及读时应行注意之点，抽读一下它的某一章节，看看他的思想性如何，文笔如何等。不浏览这些东西，读起来每每是不得要领，或事倍功半的。

——泛读（通读）。就是不太用力，也不太费时间，平平顺顺地读下去的意思。人们平常读书，如果不是经典著作或与工作或所学专业特别有关的文献的话，一般都采取这个方式。由于不太费时，所以才能读得多；读得多，才能成其博。专精（约）是可贵的，但专而能博则更为可贵。所以泛读不能认为无关紧要，事实上，人一生中所读的书起码有60%以上来自泛读。数量说来不免惊人，实际并不是每本书都读完了的。泛读并不要求把一本书从头到尾通读完毕，有些书在阅读中发现它与其他的书内容雷同，并无新意；或者概念不清，体系混乱，叫人越读越糊涂，怎能读得下去呢？不过如果该书内容还有几分道理，而且文从字顺，仍以读完为好。通读中也可能遇到通不过的地方，尤其在读古书或外文时有此情况。如果不是什么要紧的书，那就不妨学小学生读《三国演义》等类书的办法，跳越过去就是。读完了、见多了，自然会明白的，哪能一一查字典，打断阅读的兴趣？陶渊明自称"好读书，不求甚解"，是有道理的。泛读就是要引起读书兴趣，培养多读快读习惯，如果求"甚解"，那就不是泛读，而是精读了。当然泛读中也有时碰上极重要、极有用的信息，那就按精读的办法处理为是。

——精读。恰与上述泛读相反，读时是一字一句不能放过的，是要力求甚解的。这是最正规、最重要的读书方法。近人所强调的心到、眼到、口到、手到一定要用在这方面。精读不是可以施之于任何书的，凡是与读书人所学专业、所任工作最有关系的书，如科学、技术基础理论的书、教本及教师指定的必读参考书、党和政府的政策法令和重要指示、有益学行的经典著作，以及在人类文化史上垂为纪念碑的著作等。有些书因性质不同，不精读则不能得其奥旨的，例如哲学方面的书就是这样。不论是唯物主义，还是唯心主义的哲学。不作比较研究，只是轻信妄断是不行的，不深明唯心主义之非，便不了解唯物主义之是；不知朴素的、批判的唯物主义之不足，便不知辩证唯物主义之为科学的真理。还得注意：事物总是不断发展的，精读之书所代表的事物也常出现新的问题。一经发现决不能放过。否则就会使自己成为抱残守缺的人了。精读的书虽不必求能背诵，但总要能记其大旨，留下不可磨灭的印象。为了帮助记忆，"手到"是很要紧的。最好是以卡片摘录要点，记其出处，然后按类别或标题字顺排成索引，以备日后检索。有的人在书读完后写成综合性的心得与书评。当然是更可取的。如果书为自备的（不是借自图书馆或他人的），也可就在书上圈点画线，作眉批脚注，并校雠其文字。这是古人精读一书常用的办法，也可学习。

——抽读。就是只选读书中的某一篇章，或某一条款。这种读法主要施之于工具书或资料性的结集。字典辞书、类书与百科全书、年鉴手册等是查词语和事物的工具，文字多半简短，一字一句都很重要，必须精读；目录、题录、文摘、索引是文献检索工具，罗列成条，必须浏览得迅速而细致；资料性集子范围也很广。该泛读，还是精读，依用途而异。工具书的文字内容也有谬误和不足信的，所以必须多读同类的其他工具书，以便互参以证；资料集也有因版本不同而文字内容歧义的，所以使用时要注意选择版本，或准备多种本子，以便核对。

——熟读。就是把书读熟到能够背诵，并在较长的时间内不会忘记；即使一时忘了，只要复习一下就能恢复。达到这样程度是不容易的。只有多读多温习一法。读书需要熟读成诵的理由：一是书上的语言总是比较成熟的文学语言。一个人的语言如果老是停留在口语阶段，每每是不能成为使人易懂易记的信息的。二是书在读后虽能理解其意义，但记不得原文，就每每说不清楚。背诵得出，才能复述和传播得出。三是多背诵就能使书上的语言不知不觉地变成自己的语言，学外语的人尤有必要。四是书上所记载的好的言行、好的经验，能背诵就能铭记在心，使自己受到潜移默化。总之，背诵是锻炼语言和提高表达能力的必由之路，不能轻视的。

（选自《四川图书馆学报》），1985 年第 3 期）

· 跟着名家好读书 ·

谈读书

曹　禺

　　提起学习就想起"不学无术"这句话来。当我碰到一些问题而无法解决的时候，我真感到"不学无术"的痛苦。"不学"的结果自然就"无术"，不学习就掌握不了解决矛盾的方法。这是一条真理。

　　列宁的文章《宁肯少些，但要好些》，也不知听人说起多少次了，但是长期以来，我没有找来读。后来我的孩子给我指出这篇文章在哪里，我找来读了。读了之后才发现，列宁的名言"学习，学习，再学习！"原来也出在这篇文章里。我们的确需要学习，学习，再学习。我们要学习党的方针政策，要有文化修养。文化修养的范围是很宽阔的，譬如对书画、音乐，我们都应该具有一定的欣赏能力，而欣赏能力也要学习，才得到的。现在我要讲的仅是学习中的读书问题。

　　读书有几种目的。有人读书是为了点缀，装点门面；有人读书是为了满足好奇心；有人读书是为了丰富学识，提高修养，从而能够解决工作中的问题。前面两种目的都是不足为训的。

　　读书很重要。譬如现在我们提出要提高文艺作品的艺术质量，这个质量的标准不应当是个抽象的标准。凡是从事文学艺术的人，他们心目中的艺术标准都应该是具体的，鲜明的。拿从事戏剧文学的人来说，要提高作品的质量，提到什么水平呢？这个水平不能是个抽象的东西。如果多读些古今中外的经典著作，多读些莎士比亚、关汉卿，那么，对于这个水平的高低，也就会有点具体的感受，对如何提高艺术质量就有一个可以摸得到的标准。如果不读书，就没有个比较，就不容易知道提高到哪里去。我们常常一方面要提高质量，一方面又不十分清楚提高到怎样一种境界。就像一个跳高的人，假如没有前面横着的那条杆子，凭空跳去，缺少一个看得见的努力的目标，就不容易长进。因此，我说要读书。

茅盾同志会说他读书是"一个字一个字地读"的。我认为这一点非常重要。我过去读了一点书，但是大而化之，也没有系统，"好读书，不求甚解"，这不好。

那么，应该读些什么书呢？马克思列宁主义的经典著作是必要的，毛主席的著作更要反复地研读。此外，我觉得应该读通史，包括中国通史、中国近代史、中国共产党党史、西洋通史……历史上的一个朝代或一个时期的基本特征是什么，用很概括的几句话说，我就说不出来。这方面的知识，我感到欠缺极了。碰到问题来了，只得赶忙去翻范文澜同志的《中国通史简编》。这样，好像瞎子摸路，走一步，是一步。我很想改变这种状态。其次，要读文学史上的经典作品。我知道我很难做到像有些同志那样渊博，但是我希望这些同志能帮助我们拟出一个最低限度的必读书目来。言必引经据典，咬文嚼字，是浅陋的；但是经典著作一本不读，或者读得很少，也是不好的。当提出要批判十九世纪资产阶级文学作品的时候，有一个人说：

• 跟着名家好读书 •

"正好，我一本都没有读过。"这怎么成呢？只要我们学着批判地读，这些书至少也要挑选地浏览一下。否则岂不因噎废食吗，还有，对于当前我国文艺作品（新中国成立以来，出现许多应该读的作品）和现代的外国文学著作也要经常留心，多读一些。每次和朋友们谈到当代世界文学的时候，我便觉得腹内空空，简直讲不出什么东西来，真是惭愧极了。

想读书而又懒惰，这常是使我"腹内空空"的主要原因。郑振铎同志在世时，生活非常有规律，每晚九时前入睡，第二天清早五点就起来读书，做学问。一般人起床的时候，他已经用功好一会儿了。多少年来如一日，真是了不起。我们应当学习这种勤奋的精种。

我读书，除了"惰"，第二应克服的毛病便是"乱"。"乱"就是没有条理，没有重点。我读书往往东抓一本，西抓一本，不知从何读起。这样读法，事倍功半。读书要订一个阅读的计划。

还有一个恶习必须克服的，那就是：不读书，还要强不知以为知。这真是糟糕之至：读一点书，知道了一点，就夸夸其谈，不懂装懂，这是很坏的。在失眠的时候，我想起从小以来，从背诵"诗云""子曰"以来，强不知以为知的事情我是做过不少的，回想起来，背上火辣辣的，如同针刺一样。我往往是无知或少知的。要改变这种状况，别无他途，只有想办法使自己知，或多知。

有些同志参加革命斗争很早，他们没有读书的机会；但是我是有读书机会的，我念过大学，进过研究院。而在我可以读书的同时，无数革命同志在流血战斗。为了创造一个新的社会，他们没有充分读书的时间。因此，如果说有些老革命同志读的书不够多，是可以原谅的话，那么我们这些有的是读书机会的人，读书不够多，就更应该觉得惭愧了。我们要赶上去。当然，读书不够多的老同志也要在今天补足这方面的欠缺。

今天，党号召我们要学习政策，学习生活，学习艺术规律，学习中不可少的一部分是读书。许多同志真忙，真辛苦，但不能因此而放松养成随时读好书的习惯。"挟泰山以超北海"，是不可能的，做不到的；"力足以举百钧而不足以举一羽"，便说不过去，这不是"不能"，而是"不为"了。我们很多党的负责同志，学识渊博，博览群书，难道这些日夜辛勤的负责同志们不比我们更忙得多吗？我曾经和故去的黄敬同志，在一次不重要的集会上遇见，那时他才调到机械工业部做领导工作。我看他一心一意地做笔记，几乎手不停挥。休息时，我才发现他是在演习高级数学习题，会开完的时候，练习簿上已经密密麻麻地写满好几页方程式了。这件事很教育我。我才知道对这样一位老同志，没有一个问题对他是困难的；为了党的工作，没有一件事他不是踏踏实实，从头准备的。

让我们根据自己的文化程度开列个最低限度的书单，有计划地读书。艺术质量提高的标准要具体，就要读书。这才能帮助我们提高欣赏能力，扩大我们的眼界，增强我们的创造力量。

（选自《戏剧报》，1961 年 17—18 合刊）

天才在于勤奋，聪明在于学习

华罗庚

路总是自己走出来的，任何方法都要结合各自的具体情况。别人的学习经验只能作为参考，不能硬性搬用。我常说，我们应该看透三件事。第一，有老师指引不是经常的，没老师指引是经常的。第二，碰到问题，从书上找到现成答案不是经常的，找不到答案是经常的。第三，成功不是经常的，而不成功则是经常的。这三件事要求我们学会自学和独立思考。

自学的路是知识青年都要经历的，自学的习惯是早晚都得养成的。历史上任何一项较重要的科学发现，都是发现者独立地、深入地研究问题的成果。只有在接受前人知识的基础上，而又能独立思考，才不会被前人牵着鼻子走，才能提出并解决一些前人未考虑的问题。因此，在科学研究中最重要的精神之一是独创精神。在"山穷水尽"的时候，卓越的科学家往往能独辟蹊径，创造出"柳暗花明又一村"的境界。特别在今天，我国的科学要赶上并超过一些先进国家，如果没有独创精神，不去探索更新的路，只是跟着别人的脚印走路，那就总要落后别人一步。因此，要想赶过别人，非有独创精神不可。为培养独立思考的能力，平常要多想问题。有些问题想了，当时可能没有多大用途，但却有助于培养我们独立思考问题的能力。

在整个学习过程中都要进行独立思考，然而在学习之初，基本功必须搞得很坚实、很熟练。我曾见过很多这样的人，他们觉得对初等课程全知道了，而高深的却钻不进去，很窘。实际上这是基本功练得不扎实、不浑厚、不熟练。基本功练成什么样呢？要练得很熟，熟了才能有所发明和发现。熟不一定就要背，会背也不一定就熟。如果有人拿书念上十遍、二十遍，却不能深刻地理解和运用，那我说，这不叫熟，这是"念经"。熟，就是要掌握基本精神和基本原理，能够灵活运用。我们学的理论是从实际得来的，而学理论又是为了运用到实际当中去。在理论和实际之间，还有一个环节，谓之"技巧"，不通过技巧，原理不能运用。例如，熟读了几何定理，但有时也不会证题。这不是知识不够，而是有技巧上的困难。技巧如何获得呢？这就是苦练、练熟，因为"熟能生巧"。不仅如此，在获得技巧后，还必须经常温习。俗话说，"拳不离手，曲不离口"，就是这个意思。

在学基本功时，最忌"好高骛远"。古人云"登高必自卑，行远必自迩"。在科学道路上急于求成的人，往往比什么人走得都慢。我们要走得又快又稳。在练基本功时，不要怕粗活，不要轻视点滴工作。不轻视点滴工作，不轻视粗活，方能不惧怕困难。轻视困难和惧怕困难是孪生兄弟，往往会出现在同一个人身上。我见过不少年轻人，眼高手低，浅尝辄止，忽忽十年，一无所成。关键就在于没有落实。基本功没练好，补救的办法只有"返工"。什么地方不懂就从那里追起，要穷追，退一步追，甚至退若干步，要退够了，一直到不再翻过去的东西也能解决新问

· 跟着名家好读书 ·

题为止。在学习知识中，如何读书当然是一个重要问题。看懂一本书，不只是学到一些知识、搞懂书本的逻辑推理，还要设身处地地想，在没有这些定律之前，如果我发现它是否有可能？如果可能，那么要经过怎样的实践和思维过程获得它？

获得书本知识是"从薄到厚"的过程。大家会以为，在不懂之前，书是那么厚，"懂"的过程中又加了那么多注解，补充了那么多材料，当然更厚了。其实，"从薄到厚"不是真懂的时候，而只是局限于对书面内容的局部的表面的了解。在真懂了之后，脑海中就感到书本变薄了，而且越是懂得透彻，就有越薄的感觉。经过一番苦思苦索，解剖这些感性材料，弄清楚它的来龙去脉和相互联系的中心环节，并加以综合整理之后，就达到了实质上的了解，就从庞杂纷繁的客观材料中寻得了统帅全局的基本线索——从而将书本"从厚变薄"了。这不是知识变少了，而是把内容消化了。

"从厚变薄"的过程是思考过程，是分析与综合的过程。我常说，我们大家都要去"知识、见识、学识"。"从厚到薄"的过程关键不在于"知、见、学"，而在于后面那个"识"字。孔子有句名言："学而不思则罔，思而不学则殆。"对"思而不学"的人，大家都会去批评他，而对"学而不思"，不少人还认识不清。例如有的人死背公式。普天下的知识，靠背是背不过来的。退一步说，即使现有的知识全背过来了，也不过是一本"大百科全书"。那新的知识又如何"背"出来呢？而且万一背错了点什么，就很麻烦。倘若你掌握了"识"，有个提纲挈领的了解，即使对公式、定理只记住个大概轮廓，但只要冷静地想一想，便能得出问题的答案来。看书时思考什么呢？就是要分析与综合。学完一本书之后，要做解剖工作。对其中的重要结论，必须分析它所依据的是什么。分析定理证明过程时，要了解其中心环节，这可把证明过程显示得又简单，又直观。这种分析工作越透彻，在今后运用时就越方便。例如第 120 页的一个定理只需前 20 页的知识，那么在研究一个与第 120 页定理相似的问题时，只需参考前 20 页即可，而不必参考整个 120 页。解剖之后还要综合，要弄清各部分之间的联系，并且要把书本的内容和以往的知识联系起来。例如在学习高等代数"二次型"时，就必须与中学的"圆锥曲线"联系起来。在学"积分方程论"的"对称核"时，又与代数的"二次型"联系起来。看书时经过这样的比较，对于懂得的部分就可以比较快地读过去。集中精力对重点进行钻研。这样，看完一本书之后，不是把整本书都装进脑子里了，而仅是添上几点前所未知的新方法、新知识。这样，印象反而深刻，并且读得越多，就懂得越多，知识的基础就越厚，读书进度也就可以大大加快了。受了挫折，不要悲观失望，半途而废，而要坚持不懈，锲而不舍，坚韧不拔，持之以恒。

总之，学习和从事科学研究，要特别注意培养独立思考的能力，而整个研究过程是循序渐进的过程。在这过程之初要特别注意把基本功搞得非常熟练，能够运用自如。学习就要看书，学会读书就是学习和研究过程中能勇往直前、永不掉队的保证，就需要有顽强的毅力和刻苦的精神。在学习过程中，这几点应该注意的事项本来是联系得很密切，而且是相辅相成的。

（选自《初中生世界》，2020 年第 22 期）

我的读书方法

蒋学模

读书要开动脑筋，读书是吸收前人的知识，是学习的一种重要形式。但读书怎么个读法，却大有研究。如果读书不开动脑筋，采取死记硬背的方式，那么，不管记忆力多么强，不管把书背得多么滚瓜烂熟，人的大脑在这种学习方式中最多只是起了电子计算机储存系统的作用。当然，记忆对于某些重要原理原则的背诵是有用的和必要的，但仅仅到此为止却是很不够的。

读书不应当是人被书牵着鼻子走的消极的被动的过程，而应该是人利用书来增进知识、启迪思路、利用前人的知识来探索当前问题的积极的能动的过程。能做到这一点，读书时就不仅是记忆，而且要思考。

孔夫子很强调学与思并重，说"学而不思则罔"。意思是说，如果只读书，不思考，是不会有什么收获的。类似的意思，前人说得很多，今人也常常说。记得1956年听于光远同志在一次学术报告中谈了一个有趣的想法，他说：为什么问号写成"？"，问号这个样子有点像钩子，如果脑袋里多装些问号，脑袋的四面八方都是钩子，就会把许多有用的知识勾进来。他这一番话，也是鼓励人要善于思考，善于提出问题。就我个人学习政治经济学的经验来讲，提倡在学习时要多思考的主张确实是很有道理的。不断地提出问题和不断地解决问题，才能使学习越来越深入。边读书边思考大致有这样几类：

第一类：书中的道理比较难懂，通过思考，加深理解弄懂它。例如，《资本论》第一卷第一章中关于价值形态的发展的理论，道理讲得艰深，如果浮光掠影地读过去，就会落得一个似懂非懂的印象。对于这样的理论，艰深难懂的地方一定不要放过，要好好思考，看懂了，想通了，再读下去。

第二类：书中有些问题的提法，或是前后不完全相同，甚至完全矛盾，或是这本书里的提法同他本人其他书里或他人书里的提法不同，这就需要好好思考，为什么对同一问题会有不同的提法？究竟哪一种提法对？如提高劳动强度取得的究竟是绝对剩余价值还是相对剩余价值，《资本论》中既有可以理解为绝对剩余价值的论述，也有可以理解为相对剩余价值的论述。如雇佣工人的贫困程度与劳动折磨的程度关系，《资本论》德文版是"成正比"，经马克思亲自校订过的法文版是"成反比"。这一类问题，在同一本书或同一作者的著作中虽不多见，但在不同作者的著作中则是大量存在的。有些问题经过思考可能找到答案，而更多的情况则是：经过思考，问题仍未解决。这也不要紧，把问题挂起来，作为以后研究的课题。

第三类：书上的道理与实际情况不怎么符合。这可能有几种不同的情况：或者是与当前的实际情况不一致，或是甚至同写书当时的历史实际也不一致，或是同某些国家的实际一致而同我国和其他一些国家的实际情况不一致。这种情况是在读书过程中常常会遇到的。遇到这样的情况，千万不要轻易放过。

・跟着名家好读书・

应当在条件许可的情况下查阅资料，用实践来检验理论。古人说得好："尽信书则不如无书。"书要读，但不要迷信铅字印出来的东西。当然，也决不应该抱怀疑一切的态度。正确的态度，是要按照实事求是的辩证唯物主义的思想路线行事。边读书，边思考，用事实来验证书上的理论。

只要我们持学与思并重并进的学习态度，那就必然会进入"学然后知不足"的境界。越读书，越感到需要探索的问题多，使自己的知识向广度与深度发展。

读书不仅要有正确的态度，而且也要有适合各人的良好的方法。有些人记忆力特别强，真正可以做到过目不忘。我这一辈子就结识过几位这样的教师，他们可以拿了一张小纸片上的简单提纲上课堂，不仅讲起来头头是道，条理清楚，而且引证《资本论》中的话，也几乎可以背得一字不差，还能说明出于哪一卷哪一章。当然，记忆力这样强的人是不多的。就我个人来说，记忆力与大多数人差不多，基本的理论观点、重大的事件、关键的数字是记得比较牢固的，次要的东西就容易淡忘，而且年龄越大，记忆力也越差，所以就要借助于一些办法来补记忆力之不足。

一个办法是读书时画杠杠和写眉批。这个读书方法很多人都在用，在重要的语句底下用铅笔、蓝色笔或红色笔画上杠杠，在书头或书边写上眉批。

画线是一个好办法，但也要运用适当。把线画在真正是重要的语句上，不可太滥。有的人在马列著作上几乎通篇都画线。通篇画线，就等于不画线，于是只好在红线之外再画蓝线。

眉批，即在书端或书边的空白上写字，可以起这样几种作用:（1）标明要点，以便查阅;（2）对于一个复杂的问题标明理论展开的逻辑层次;（3）记下难懂之处或疑问。眉批与画底线的工作，是边读书边思考的一种表现形式。这个工作做得好，不仅有助于阅读时加深理解，而且便于以后温习和查阅有关论点。

　　对于重要的论点和数字，还可以做些卡片，以便于查阅。当然，就论点摘录卡片来讲，书上理论脉络很清楚的论点，一查即得，是用不着做卡片的。有些论点，不是书中必须讲到的，例如《资本论》第二卷第一章讲"货币资本的循环"时，马克思连带讲了一个观点：劳动者和生产资料的结合形式是区分生产关系类型的决定因素。像这一类论断，如不用卡片摘下来，归入有关部分中去，日后就很难寻找。另外，报纸杂志和各种书刊上的重要论点和有些很能说明观点的典型事例和数字，如不用卡片摘录下来，日子久了，也是难于寻找的。做卡片这一层功夫，对于搞研究工作是必不可少的。卡片上不仅要摘下主要内容，而且必须注明详细出处，以便进一步查对。但是，做卡片很花时间，切不可贪多。只能就自己最感兴趣的问题，或脑子里存疑已久的问题，择要摘录。这一步工作，只有持之以恒，日积月累，才能收到越来越大的功效。如想速见成效，一下子把摘录的范围搞得很大，就难免力不从心，半途而废。

　　系统阅读时，对重要的著作，为加深理解，可做些笔记。笔记，按照我的经验，宜简不宜繁，记下理论的基本观点（这时最好用消化过了的自己的语言）和基本逻辑即可。笔记太详细，不仅花时间太多，而且也无助于复习。

（选自《名人论读书》，语文出版社1990年版）

多读，熟读，细读

吴小如

　　青年朋友每问我读书有什么诀窍。其实答案很简单，只是多读、熟读、细读六字而已。

　　所谓"多"，多到什么程度，什么范围？我是搞古典文学的，当然这里说的读书的主攻方向是指读这一专业的书。但从我国文化学术的发展源流来看，最初文、史、哲是不分家的，这就要求治古典文学的人多少总要把经、史、子、集这四大部类古籍中最有代表性的著作翻读一些。《论衡·谢短篇》中说："知古不知今，谓之陆沉"；"知今不知古，谓之盲瞽"。就我个人说，我国近、现、当代文学诚然不是我研究的范围，但我并非对它们全无兴趣。对外国文学亦然。从20世纪30年代我上中学时起，直到今天，只要有时间，我总是见缝插针，有时有系统、有时无系统地读一些。说到古典文学本身，又分诗歌、散文、小说、戏曲四大门类，当然应该有所偏重；但它们彼此之间是相通的，只顾"单打一"，恐怕也不行。正如刘勰《文心雕龙·知音篇》所说："凡操千曲而后晓声，观千剑而后识器。"一个演员本领再高，只会唱一两出戏，总不能算是表演艺术家，更形成不了艺术流派。从事书法、绘画艺术的人，不但要临摹，而且要博览；不但要亲自动手，而且要大开眼界，读书做学问理亦相同。

说到"熟"，当然是相对的。拳不离手，曲不离口；快刀不磨黄锈起，胸膛不挺背要驼。我十几岁时背诵过《古文观止》《唐诗三百首》以及《毛诗》《论语》《孟子》之类的线装书，有的早已忘掉。但忘掉也不要紧，它们毕竟使我养成浏览古书的习惯和识文断句的能力。关于能力的培养，这里想多说几句。"知"与"能"二者的关系是辩证的。知而不能，终非真知。上面引述的刘勰的话很可玩味。他不说"听"千曲而后晓声，而说"操"千曲，可见他是主张实践出真知的，即能演奏千曲的人才真正体会到钻研音乐的甘苦。至于下文的"观千剑"，应该指有比较鉴别的能力，而不是走马观花。"识器"的鉴赏家必须见过"千剑"才有发言权。

所谓"细"，就是反复钻研。其中自然包括博采众长和独立思考两个方面，二者缺一不可。孔子说的"学而不思则罔，思而不学则殆"，应该是经验之谈。《礼记·中庸篇》谈学问之道，提出"博学""审问""慎思""明辨""笃行"五个步骤，我以为，可能同我这里所说的熟和细的意思差不多。另外，"熟"和"细"原是"水磨功夫"，不宜急于求成，更不要急于自创一派，自成体系。那样只有自己吃亏，最后可能一事无成。1949 年我初入大学教书，只能"以述为作""述而不作"；进入60 年代，在课堂上偶然谈一点心得体会；近年讲课，则只谈个人一得之愚，此势所必至，非力可强而致也。

（选自《现代中学生（初中版）》，2022 年第 7 期）

渗透性读书法

杨振宁

我建议人们"要自己找路走"，其办法之一就是要常"翻翻书"。每星期抽一定时间去图书馆……乱看看，浏览一下。过了两三个月，你就会了解那些介绍性的杂志（有专门的与不专门的）。看多了以后，就能掌握住那个领域的"发展方向"。这样的"翻翻"，实际上可以说是一种渗透性的读书方法。你看了一个东西不太懂，但多看几次以后，就会不知不觉地吸收进去。这是一种很重要的学习方法。尤其是搞前沿科学的，这是必要的、不可少的学习方法之一。所说的"乱看看"，可以理解为突破自身研究或关注领域的界限，把那些貌似不相关的书刊也翻翻、看看，这会使人获得触类旁通、举一反三的好处。翻翻，即渗透性读书法，是一种学习的好方法，大凡识得字、读得书，无论何人、何时、何地都是做得到的，但却往往不大为人们重视。

一是去粗取精。在书店，你可以看见人们在挤得满满的书架前浏览一遍，以了解书的内容、可读性、可信性、合理性，决定购买与否。如今各类书籍太多，人们精力有限，不可能全部都读，因而就要选择高、精、尖的书籍。清初学者陆世仪说：

"凡读书须识货，方不错用工夫。"翻翻便可"识货"，进行筛选。有价值的书留下好好读，发现某章某节有价值便对这一部分仔细读，其余的翻翻，"只供一赏"，了解全貌便罢。"有些书可以全读，但不必细心地读"（培根语），翻翻而已。这样可得学习的最佳效果。

二是引起浓厚的兴趣。往往有这样的情形，在翻翻之中，对某一方面的内容产生了极大的兴趣和求知欲，以至探索不止。据说少年闻一多在偶尔翻阅旧小说《绣像人物画》时产生了莫大的兴趣，以至于后来留学美国选攻美术，即使改行成了大文学家后，仍耿耿不能忘怀，抗战初期逃难西南，一路上画笔不辍。

三是加强理解和记忆。人们常谓"过目成诵"，过目也就有翻翻的意思。翻翻往往是一种快速阅读，看书看得快常常能更好地理解读过的内容。比如，当你学习某一内容的书籍感到疲倦时，拿起另一内容的书本翻翻，常常会感到对后一内容记忆特别深。为什么翻翻理解强，记忆好？从生理机能方面来看，据国外有关研究，翻翻时视力和思维活动积极一致，处于思想集中，或注意有效转移，或脑神经放松三种最佳状态，大脑中存留的信息达百分之九十，信息的提取和联系的沟通也较易发生。

四是节省时间。古人张亨甫谓人生在世，学习时间太少了，以至"不敢一日废惰"。翻翻可以有效利用有限的时光了解更多的知识。著名历史学家吴于廑先生曾撰文说，每天报纸一大摞而工作又繁忙，于是就只能茶余饭后浏览一下抢时间了。

· 跟着名家好读书 ·

然而就在这翻翻之中，既抢得了宝贵的时光，又知晓了天下大事。

五是扩展知识。读书有精读、泛读，翻翻是一种泛读的方法。有些知识与你无关宏旨，但并非可以缺少，陆游说得好："读书恨不博。"为了解有关新知识、新动态，你就应当经常翻翻各种书报，这如同给你自己了解世界洞开了一扇窗户，如此积沙累石，知识也就日益广阔了。

六是意外之效。翻翻无异于增加了获得知识的渠道。人们有时为了找一个资料，跑遍各大图书馆，查遍许多藏书仍一无所获，有时翻翻却意外地发现了"新大陆"，解决了问题，使你顿生"踏破铁鞋无觅处，得来全不费功夫"的乐趣。

（选自《小作家选刊》，2004 年第 7 期）

读书唯"勤奋"二字

冯其庸

谈起读书，我觉得无非是"勤奋"二字。勤奋是最为质朴又颠扑不破的读书之道。记得小时候读书，先生要求我们的，不仅是读文章，而且还要背下来。中国文学史上的诸多优秀篇章，小时候但凡花了功夫的，有很多至今都刻在脑子里。也许你要问：脑子里记住这么多文章有什么用？那么我告诉你：至少它能够给你的写作带来灵感。人脑仿佛是一个宝库，多少东西都能装进去，脑子里的东西越多，下笔就越快，写文章就越丰富，越灵动，越容易碰见灵光迸现、左右逢源的情况。古人说读书破万卷，下笔如有神，讲的正是这个道理。"破万卷"的"破"字，已经告诉了我们，读书不是点到即止，而是需要勤奋，需要下功夫。读书如果只是浮光掠影，浅尝辄止，收益是不大的。

仅仅读书还不行，最好能与调查、实践紧密结合起来，求之于书，证之于实，在实践中检验知识、完善知识。"读万卷书，行万里路"，这是至理名言。我们不能因为进入了网络社会，很多知识可以方便地从网上获取，就忽略了行万里路的重要性。我的感受是，很多东西都需要进入到具体的实践调查中，

· 跟着名家好读书 ·

才能去伪存真，才能真正领会与理解。以我自己为例，玄奘是中国历史上一个了不起的人，为了弄清楚他取经之后，到底由哪一条路回来，我十次赴新疆等地考察。当时心中有个疑问，为什么玄奘东归时要到公主堡去？公主堡既非寺庙，也非顺路，他没理由绕远路跑去拜谒。后来在当地牧民的带领下，我们来到公主堡，当地人说，公主堡下才是真正的瓦罕古道！我这才明白，原来玄奘从明铁盖下来时走的其实是这条道，所以必经公主堡，然后到塔什库尔干。而此前，我误将一条由部队开辟的道路认作"瓦罕古道"了——它与公主堡下的瓦罕古道还远隔着一条大河！类似的情况，我经历的不少，这也让我更坚信：实地调查，走万里路，能够让一个人的知识变得更加准确，更加可靠。

如果研究的领域分得太细，可能难以产生通才式的人才。为什么呢？就因为学问之间是彼此关联、互相激发的。好比一位武术家，如果他只会耍枪，其他兵器一概不了解，你会觉得他是一位高手吗？我们倒是常常看到，很多有成就的人，往往旁搜远绍，广泛从其他领域汲取营养，化为己用，提升自己。读书也是一样的道理。搞文学的不懂历史，搞历史的不懂文学，都会事倍功半。文学与历史，甚至还有哲学、民俗等学科，本来就是共生共长，你中有我，我中有你，如果不能全面涉猎，怎么可能获得精深的见解？所以，我认为学科可以越分越细，读书却该越读越宽，唯其如此，才能融会贯通，才能更全面地看世界，想问题。

读书与写作密不可分，但读书宜早，著述宜晚。读书宜早现在大家都知道，著述宜晚却似乎没有多少人看重。古人说人生三大事：立德、立功、立言。立言需要有足够的人生锤炼与知识积累，不是随便为之的，怕的就是以己之昏昏，却欲使人昭昭，这怎么可能呢？那样只会贻误后人。

（选自《作文》，2013 年第 5 期）

怎样做学问

李政道

　　学问，学问，要学"问"。只学答，不学"问"，非"学问"。我们有些同学很用功，整天读和背现成的答案，这种只会背别人答案的"只学答"，短时间能勉强记住，以应付考试，但不能增强自己的学问。做学问，一定要学会"问"，自己能提问题，再经过自己的思考想问题，自己求得答案。这才是一种创造性思维，才能真正掌握学问，增长学问。

　　我从小就爱问。一次祖父抱着我说起"上帝"的事，我好奇地问：你们都说"上帝"，"上帝"在哪儿啊？祖父回答说，"上帝"在天上呀！

　　我又问："上帝"在天上怎么不掉下来？祖父回答我，"上帝"很轻，像空气一样轻，他老跟空气在一起，所以他就掉不下来了。

　　祖父的这个回答尽管未解开我的疑惑，但我知道了一个道理，像空气一样轻的东西，是不会掉到地上的。后来，我识字了，就成了一个"书迷"，总是缠着母亲或哥哥去书店买书。我喜欢看《汤姆历险记》《膨胀的宇宙》等描写自然界奇特变化的书。看这些书，我就有提不完的问题要爸爸妈妈和哥哥们解答。

到西南联大读大学后，我又成了"好问迷"。吴大猷老师不是我的授课老师，但我经常到他家去求问，要他给我出难一点的物理学习题。他出的"难题"，我总是很快做完。后来，吴老师干脆给我一本美国大学物理系高年级用的《物理学》，要我把全书的习题都做出来。吴老师后来说，他是想"难倒"我，结果不到两星期，我把这本书上的全部习题做出来了。我把习题作业送给吴老师，吴老师看了颇为惊讶。他说我做的习题，思路独特，步骤简单。他问我："你才学了一年的物理学，这本书上好多习题要用许多你没有学过的知识来求解，你从哪里学的？"我告诉吴老师，我自己琢磨不出的就去找书看，增加知识后再琢磨。做习题、研究问题时，我从不请人教我怎样解题，总是通过自己的刻苦学习和思考，自己解问求答。吴老师后来说，从事科学研究就是要有这种爱发问、好钻研、善思考的"疯劲"。

提问、想问、解问、答问的本领要努力培养。若要学会"问"，是要充分激发自己的好奇心。对一名科学工作者说来，好奇心可以使他对宇宙万象及变化产生浓厚的兴趣，可以吸引他去发现问题，探究奥秘。记得 1946 年，我和朱光亚先生等同船赴美留学，在船舱里，我手中的一支别针失手掉到地板上，后来又滚到地上的一张纸上，我感到很好奇，就琢磨起来，是什么力量让它从地上滚到稍高的纸片上呢？是舱板移动，还是掉下的自由落体作用力呢？我反复琢磨，并用微积分、物理学原理去计算别针掉落滚动的运行轨迹，测算它的各种力学数据，琢磨了好几天，还同朱光亚先生一起讨论。通过琢磨这个问题，我的数学、物理等知识和解题能力有所提高。

培养丰富的想象力，对于我们想问题、解问题会很有帮助。想象力是思维的翅膀，可以扩充我们的思想视野，寻找解决问题的多种可能性，再从中分析、比较，就可以帮助我们从纷繁的思绪中，逐步理出思想脉络，找到解题的方法。

扩大知识面对科学工作也非常重要。现在的学科分科越来越细，这是科学研究分工细化和深化的要求。但是，一名研究工作者如果只注重学科内知识的钻研积累是不够的，应该尽可能地拓宽自己的知识面，因为人类各种知识的获得、积累的过程和原则是一致的、共通的。

我是研究物理学的，但我对生物学、化学、天文学、地理学以及文化、艺术、史学、考古等，也都很有兴趣，并经常涉猎。这对我从事物理学研究很有好处。我用物理学者的眼光审视，在甲骨文中就发现了在公元前 13 世纪就有发现新星的记载。在屈原的《天问》中就有"天如蛋壳，地如蛋黄"的宇宙观……所以，我希望你们将来也要做一位知识广博的专家。

想问题必须要有科学精神。我们提倡多问、多想，不是随心所欲或离奇荒谬地乱想，而是要以科学原则为指导，提出有意义的问题。从事科学研究，总是从已知探究未知，获得新知。提问题，想问题，都要从现有科学基础出发，用现有科学知识规律去解析、探究、论证，去寻找新的结论。当然，在做学问或研究中，有些问题也可能是完全合理、有意义的，但一时确实难以求得结论。这是因为我们现有的知识水平、认识能力还难以达到解决问题的程度，或现有科学规律还难以解答、论证，这就需要我们有长期奋斗的准备。例如，现在物理学界正在热议的暗物质、暗能量等问题，目前还难以解释、判断。但是，我们相信科学家们坚持长期进行研究，会逐步取得突破的。

我的物理生涯也有一个"机遇"问题。1946 年，我在浙大中断学习后，投奔西南联大，遇到了无私热心关怀青年成长、善于识才、敢于破格举才的吴大猷老师，使我有机会在西南联大就读，并给予我悉心辅导，大胆破格举荐我赴美留学，为我攀登物理学科学高峰创造了较好的条件（机遇）。如果没有遇到吴老师，我可能走的是另一条路。

总之，一个人的成功，其主导作用是才干和勤奋，机遇也有一定关系。但是，也要看你能否抓住机遇。

（选自《浙江日报》，2007 年 1 月 12 日）

网络时代该怎样读书

陈平原

在《别想摆脱书》中，艾柯有一段妙语："事实上，科技更新的速度迫使我们以一种难以忍受的节奏重建我们的思维习惯……母鸡可是花了将近一个世纪才学会不去过街。它们最终适应了新的街道交通情况，我们却没有这么多时间。"母鸡的故事不可考，但趣味盎然。我同意艾柯的意见，过分追求速度，从城市建筑到饮食习惯到阅读工具等，一切都"日新月异"，这确实不是好事情。以前的人，经由一系列学习，到了二十岁左右，其知识及经验已足够支撑一辈子——除非你想成为某一方面的专家。现在的人多累呀，不断学习，永无止境，各种知识——尤其是电子产品——不断更新，稍不留神就落伍。有时候我想，有必要这么一辈子紧紧张张地追赶吗？学不完的知识，忙不完的活！

我之落伍，最新的表现形态是拒绝微博。以一百四十字的文字更新信息并实现实时分享，此微博引入中国没几年，已"风风火火闯九州"，目前微博用户总数约为三亿两千七百万，全世界第一。似乎生活在当今中国，不微博就落伍，就出局，就没有发展前途，就对不起这伟大的时代了。自主发布，实时播报，短小精悍，写作便捷，门槛很低，商机极大……这我都相信，但如此随时随地发感慨、晒心情，不正是知识及思维日益碎片化的表现吗？本来是沟通信息、联络感情为主，因中国的特殊国情，有人用来炫耀财富，有人用来反腐揭弊，有人用来聚集人气，有人"随时随地分享身边的新鲜事儿"，有人则"把握营销未来"。最有趣的说法，莫过于"微博有利于身体健康"——人若活得压抑，有微博发泄不满、博取眼球、获得自信，因而一扫阴霾，何乐而不为！

我以为，微博作为一种表达形式，自娱可以，交友可以，揭弊也很好；但文体上有明显缺陷，写作心态不佳，传播效果也可疑。大学生、研究生偶尔玩玩可以，但如果整天沉迷其中，忙着写，忙着读，不考虑花费多少时间和精力，则有点可惜。因为，我关心的是如此红红火火的微博，对于中国文化建设的意义到底有多大。很多人欢欣鼓舞，理由是"在微博上，一百四十字的限制将平民和莎士比亚拉到了同一水平线上"。如此强调草根性，这到底是好事还是坏事？平等是平等了，但文化上的创造性，真的被激发出来了吗？我感到忧虑的是，没有沉潜把玩，不经长期思考，过于强调时效性，且最大限度地取悦受众，久而久之，会成为一种生活方式及思维习惯。而这，无论对于学者还是文人，都是致命的诱惑。当然，若是大众娱乐，那没问题；用作商业营销，也很有效。至于造谣与辟谣，那更是"及时雨"。

之所以如此杞人忧天，且公开说出我的困惑，是有感于今日中国的大学生、研究生，很多人乐此不疲，且将其视为最大的时尚，过高地估计了此举对于人类文明的正面效应。最近十年，网络力量狂飙突进，不要说城市面貌、生活方式，甚至连说话的腔调都"日新月异"。年轻人因此而志得意满，忽略了各种潜在的危险——包括读书、思考与表达。

稍有航海知识的人都懂得，空船航行时，须备有"压舱石"，因此时船的重心在水面以上，极易翻船。在我看来，人文学（文学、史学、哲学、宗教、伦理、艺术等）乃整个人类文明的压舱石。不随风飘荡，也不一定"与时俱进"，对于各种时尚、潮流起纠偏作用，保证这艘大船不会因某个时代某些英雄人物的一时兴起胡作非为而彻底倾覆。在各种新知识、新技术、新生活不断涌现的时代，请记得对于"传统"保持几分敬意。这里所说的"传统"，也包括悠久的"含英咀华""沉潜把玩"的读书习惯。

最后，建议诸位认认真真读几本好书，以此作为根基，作为标尺，作为精神支柱。过去总说"多读书，读好书"，以我的体会，若追求阅读的数量与速度，则很可能"读不好"。成长于网络的年轻一代，很容易养成浏览性的阅读习惯，就是朱熹说的"看了也似不曾看，不曾看也似看了"。因此，我主张读少一点，读慢一点，读精一点。世界这么大，千奇百怪，无所不有，很多东西你不知道，不懂得，不欣赏，一点也不奇怪。我在《坚守自家的阅读立场》一文中称："基于自家的立场，自觉地关闭某些频道，回绝某种信息，遗忘某些知识，抗拒某些潮流，这才可能活出'精彩的人生'来。"

（选自《党政论坛·干部文摘》，2014 年第 5 期）

后 记

　　鉴于时代瞬息万变和篇幅所限，我们在选编中对有些文章的内容或标题进行了适当处理，未及征得有关作者的同意，事非得已，深为歉疚，望予谅恕。本书时间跨度较长，作者较多，出版时间紧迫，选编过程中我们尽量与相关作者联系版权事宜，并得到了许多作者的大力支持，但仍有部分作者及其后人我们无法取得联系，在此深表歉意。敬请相关作者或者著作权人见到本书后，尽快与我社联系，以便奉上样书并支付稿酬。此外，由于编者能力水平有限，书中如有不妥，敬请广大读者批评指正。

编　者

2023 年 4 月

·跟着名家好读书·